우리의 대화를 편견 없이 바라봐 주실

당신의 얼굴을 마주합니다.

당신의 눈빛을 보니, 우리 대화도

밤새도록 끝이 없겠네요.

우리 대화는 밤새도록 끝이 없지

우리 대화는 밤새도록 끝이 없지

허휘수

x

서솔

(두 젊은 창작가의
삶과 예술적 영감에 관하여)

상상출판

오늘은 어땠나요?

'오늘은 어땠나요?'

이 가벼워 보이는 질문에 깊게 고심하는 당신을 좋아합니다. 우리 대화는 정말 즐거웠어요. 이 책에는 두 명의 말이 문자로 적혀 있을 뿐입니다. 늘 우린 함께 대화하고 있었어요. 한시도 당신의 얼굴을 잊은 적이 없습니다.

우리 대화에는 늘 여백이 있습니다. 그리고 그 여백은 늘 당신의 것이었습니다. 당신의 질문, 공상이 채워질 자리죠. 충분히 남겨놓으려 애를 썼지만, 모자랄 수도 있습니다. 불편했다면 너그러이 이해해 주세요. 다 채우지 못해도 괜찮습니다. 그것 또한 다른 이를 위한 여백을 남겨두려는 당신의 배려심이니까요.

우리 대화는 늘 답이 없습니다. 모호하고 스근하죠. 토론도 아니고 회의도 아니에요. 그저 대화일 뿐입니다. 함께할 때만큼은 정확하고 명

정할 필요 없잖아요. 시비를 가리는 에너지는 내일을 위해 아껴두시기를 바라요. 당신과는 그저 편안하고 싶습니다.

우리 대화는 아직 끝나지 않았습니다. 예술에 있어 대화는 그 자체로 예술이기도 하며, 수단이 되기도 하고 계기이자 원동력이 되기도 합니다. 그리고 저는 계속 당신의 이야기가 궁금할 거예요. 우리 대화를 멈추지 말아요.

이 책을 읽을 당신에게

휘수가

핀란드에서 온 편지

당신이 보낸 편지에는 하트 모양의 스티커가 붙어 있었어요. 안을 열어 보니 하늘색 편지지에 단출한 일상이 적혀 있었죠. 편지지가 얇은 탓인지, 글씨를 너무 세게 쓴 탓인지 편지지 뒤편은 글씨 모양을 따라 우둘투둘한 음각이 새겨져 있었어요. 거기에선 묘한 크레파스 냄새가 났던 것 같아요. 벌써 십수 년 전에 받았던 편지라 내용은 잊었지만 빈 곳을 애써 채우기 위한 곰돌이 스티커는 기억나요. 저는 그 스티커를 만져보면서 '핀란드 스티커는 이렇게 생겼구나….' 하고 가본 적도 없는 당신의 나라를 상상했어요.

가끔 실시간 대화 애플리케이션이 사라진 세상을 상상해 봐요. 상상이라기보다는 '꿈을 꾼다'는 표현이 더 가깝겠지만. 그런 시대는 올 리 없으니 그저 떠올려만 보는 거죠. 멀리 갈 것도 없어요. '솔이 집에 있나요?'라고 전화기 너머로 서로가 연결되던 시절, 구불구불한 고무로 연결된 전화기의 감촉을 떠올려 봐요. 상대가 전화를 받을 때까지 전화선을 늘였다, 줄였다 하며 연결을 기다리던 그 순간을 당신은 기억하나요? 우디 앨런의 영화 〈미드나이트 인 파리〉 속 주인공처럼 과거만을 동경하며 살고 싶은 건 아니에요. 그저 필요 이상으로 많은 대화를 실시간으로 나누고, 혹은 모른 척할 필요가 없는 세상에 대한 호기심이죠. 발산되고 소모되는 그런 에너지가 줄어든다면, 나와 내가 나눌 수 있는 내면의 대화는 얼마나 늘어날 수 있을까. 자발적인 고립을 통해 도파민 중독에서 벗어나고자 하는 현대인의 궁금증이죠.

핀란드에서 온 편지는 무슨 수로 유실되지 않고 제 손으로 받을 수 있었을까요. 엄마가 한 글자씩 정성스럽게 쓴 육아일기부터 끝을 모르고 펼쳐져 있던 팔만대장경, 잘 짜인 유리관 안에 놓여 있던 훈민정음 해례본은 어떻게 2023년까지 도착할 수 있었을까요. 먼지가 쌓일지언정 사라지지 않는다면, 우리가 썼던 글은 몇 살까지 살 수 있을까요?

사라지지 않고 잊히지 않는 글을 쓰고 싶었어요. 디지털 세상은 보여줘야 할 것도 많고, 숨겨야 할 것도 많은 시대잖아요. 이 글이 속도에 잡아먹히지 않고 당신에게 의미 있었으면 해요. 다음에 다시 만날 때까지 이 편지를 잘 간직해 줄래요?

이 책을 읽을 당신에게

서솔이

목
차

2장 그래서 예술이 뭔데?

3장 내가 딛고 선 여기가 바로 예술

마치며

부록

1장

이토록 아름다운 불시착

가장 예술적인

서솔에게

너를 생각하면 나는 침착해져. 안정적이어지고. 넌 실제로 그런 사람이기도 하지만 누구든 그렇게 만들어 주는 사람이기도 해. 4년 전쯤, 널 유튜브 영상에서 봤어. 그러고는 바로 저 사람과 이야기해 보고 싶다고 강렬하게 느꼈어. 그날 처음 본 사람인데 말이야. 너를 보면서 '와, 사람들이 이래서 유튜버를 좋아하나 보다.' 했어. 나도 유튜브 영상에 출연하고 있었지만, 그때만 해도 사람들이 나를 왜 좋아하는지 궁금했거든. 네 덕분에 이해할 수 있었어.

그러다 네 전공을 우연히 알게 되고 나서 내 마음은 다시 요동쳤어. 네 전공과 네가 하는 장르가 아주 마음에 들었어. 영화를 전공한 비디오 아티스트라니. '저 사람이랑 친해지고 싶다…!', '저 사람이랑 공연하고 싶다…!' 영상을 보면서 속으로 계속 되뇌었어. 이렇게 생각하고 6개월 뒤에 우리는 정말 촬영장에서 만나게 되잖아? 시크릿 효과는 존재하나 봐. 촬영하는 내내 너에게 예술 이야기를 하고 싶어 미칠 뻔했어. 요즘엔 어떤 작업을 하는지, 영화를 전공했는데 왜 지금은 3D 아트 쪽을 하는지, 최근 공연은 언제 했는지, 보통 어떤 방식으로 작품을 만드는지. 평소 나는 저돌적이고 솔직한 스타일이지만 공적인 자리니까 자제했지. 하지만 궁금증을 못 참고 촬영 중에 몇 번 그런 대화를 시도했는데 그때마다 약간 어이없고, 조금 신선해하며, 많은 당혹감을 담은 동그란 눈으로 날 보던 게 생각 나. 개의치 않았어. 간절하게 궁금했거든, 전공자가 생각하는 예술이. 그리고 함께 작품을 만들 생각은 없는지.

나는 너의 열혈 팬을 자처하며 주저하지 않고 호감을 표시했어.

'난 당신이 좋아요. 궁금하고요. 우리 예술적으로 대화하지 않을래요? 아니, 해야만 해요.'

다양한 형태로 이런 메시지를 보냈어. 직감적으로 우리가 대화한다면 잘 통할 거라고 생각했어. 조심스러운 성격의 네가 한두 달 있다가 나를 집에 초대해서 예술 이야기를 하게 된 건 다 나의 적극적인 구애 덕분이지. 이 책을 함께 쓰는 것도 다 나의 빌드업 덕분이라고!

나는 왜 너의 전공이 좋았을까? 내가 전공한 나노물리학은 좋기도 하면서 싫기도 하거든. 물리학을 전공한 댄서라는 특이해 보이는 수식어로 쓰일 때는 좋기도 하다가 결국 자기혐오에 빠지기도 하거든. 평생 예술가로 살고 싶어 하는 나노물리학과 졸업생의 눈에 영화과 출신의 비디오 아티스트는 순수 혈통의 예술가 같았어. 비전공자라는 자격지심이 감싸고 있던 그때의 내게 서솔은 세상에서 가장 예술적인 사람이었어. 그동안 어떤 예술 활동을 했고 어떤 생각을 가졌는지 전혀 모르면서 괜한 기대심을 가졌던 거지.

'예술'에 대해 막연하고 진한 환상을 심어준 다큐멘터리 장면이 있어. 한국 예술 종합 학교를 취재한 KBS 다큐멘터리였지. 어린 내 눈에 그곳은 누구나 예술을 이야기하는 낭만적인 공간이었어. 그래서 예술 전공자는 예술을 입고, 느끼고, 말하고, 듣고, 하는 이들에게 둘러싸인 환경에 오랫동안 머물 수 있는 존재라고 생각했어. 한없이 자유롭고 형체 없이 예술적인 모습을 동경하곤 했어. 그리고 그 전공자들에게도 환상을 가졌지. 내가 모르는 걸 전공자는 알고 있을 거라는 맹목적이고 편협한 생각이었지만, 내 기대는 예상치 못한 방향으로 충족됐어. 너는 나보다 확실하게 더 잘 아는 부분이 있었어. 언젠가 작품에 대해 회의하던 중 너에게 이렇게 질문한 적 있어.

"우리… 이렇게 해도 되는 거 맞을까?"

그때 네 답은 충격적이었어.

"우리가 그렇다고 하면 그런 거 아닐까?"

예술에서 옳고 그름을 따지고 기술과 기본기로만 평가하려 했던 예술병자의 세계를 뒤흔든 말이야. '나만 좋으면 어떡하지?', '나에게만 의미 있으면 어떡하지?' 하며 괴로웠던 내 지난밤들을 위로해 준 사려 깊은 문장이야. 늘 배려하는 너와 대화하는 건 참 편안해. 그래서 침착하고 안정적으로 많은 공상을 나눌 수 있는 게 아닐까? 영감이 떠오를 때마다 너에게 알리고 싶은 것도 그 때문일 거야.

지금은 찌질한 비전공자의 자격지심은 거의 사라진 편이야. 네 덕분이지. 경청하고 신뢰하는 태도로 일관적이게 나라는 여린 예술적인 영혼을 대해줬어. 상처받아 위축된 허휘수 내면의 어린 아티스트를 지키고 보살펴 준 너에게 존경과 감사를 보내.

2022년 8월 17일

늘 너와 대화하고 싶은 휘수가

예술 재활전문의
휘수에게

오랜만에 우리가 함께 출연했던 <뉴토피아>*를 돌려봤어. 정신없이 비가 오던 날, 홍대 거리를 헤매던 그날의 대화를 다시 돌려보려고.

휘수: "계속 영화 쪽 일을 하실 거죠?"
서솔: "아니요?"
휘수: "음악도 만드시진 않고요?"
서솔: "음악은 전혀 몰라요."
휘수: "시나리오는 안 쓰세요?"
서솔: "시나리오요…?"
휘수: "이게 뭘 하다 보면 계속 욕심이 나니까…."

이 대화를 앞에서 듣던 민지가 한마디 했지.
"저 사람들 예능에서 인생 상담한다. 미쳤다."
이 대화를 다시 돌려 그때의 감상을 함께 적는다면 지문이 추가돼.

휘수: "계속 영화 쪽 일을 하실 거죠?"

* 2019년 유튜브 채널 '소그노'에서 제작한 여성 예능. 이날 휘수와 서솔은 게임 팀이 되어 처음으로 대화를 나눴다. 본문은 거의 처음 대화한 그들의 장면에서 발췌.

서솔: **(당황을 감출 수 없는 놀란 눈으로)**

"아니요?"

휘수: "음악도 만드시진 않고요?"

서솔: **(질문의 의도를 의심하며, 영문을 모르겠다는 표정으로)**

"음악은 전혀 몰라요."

휘수: "시나리오는 안 쓰세요?"

서솔: **(이 사람에 대한 경계심을 키워가는 목소리로)**

"시나리오요…?"

휘수: "이게 뭘 하다 보면 계속 욕심이 나니까…."

너는 나를 유튜브에서 먼저 봤다고 했는데, 내가 너를 처음 본 건 모 유튜버의 인스타그램을 통해서였어. 네가 춤 선생님으로 태그가 되어 있었는데, 별생각 없이 댓글을 보던 내 눈이 휘둥그레진 거야. '휘슬 언니를 여기서 보다니.'라는 댓글 때문이었어. '언니였다고? 저 남자가?' 댓글을 보고 다시 영상을 봤어. 부끄럽게도 아직 내 안에 편견이 남아 있어서인지 남자 아이돌 안무의 춤 선생님은 당연히 남자일 줄 알았던 거야. 난 사람의 첫인상을 보통 기억하지 못하는데, 넌 아주 강렬하게 기억해. '내가 남자로 착각했던 춤 선생님.'

그래서 나는 춤 선생님인 네가 나에게 예술에 관한 질문을 한다는 게 의아했어. 내 기준에 예술로 돈을 번다는 건, 그 자체로 전문가 인증 마크와 다름없었거든. 심지어 자신의 전문 분야인 춤을 남에게 가르

쳐 주기까지 하는 네가 나를 통해 예술을 향한 갈증을 풀고 싶어 한다는 게 쉬이 믿기지 않았어.

2019년 말쯤, 나는 내 안의 예술 세계와 이별을 시작했어. 영화판을 뛰쳐나온 뒤 유튜브 세계에 발을 들이고부턴 나의 예술적 소명은 다 했다고 생각했어. 이제 더 이상 나를 찾는 곳도, 내가 찾고 싶은 것도 없다는 걸 받아들이고 있었거든. 그런데 <뉴토피아> 촬영장에서 불쑥 나에게 예술에 대해 묻는 사람이 나타난 거야. 내가 뭘 만들어 왔는지 알 리가 만무한 사람이 말이야. 나중에야 알았지, 어떤 영상에서 내가 지나가듯 말한 '예전엔 비디오 아트로 공연했다.'라는 단 한마디만 갖고 나에게 달려들었다는 걸.

촬영이 끝나고 두 달쯤 지났을까, 네가 이번엔 단독 공연을 하자고 했어. 나의 비디오 아트와 함께 말이지. 그때 너는 꽤 저돌적이었던 걸로 기억해. 해본 지가 너무 오래돼 자신이 없다며 거절하는 내게 '열 번만 얘기하면 해줄 것 같다.'고 면전에서 대놓고 말했으니까. 황당했지. 나는 쉽게 남에게 마음을 내어주지 않는 사람이라, 내 앞에서 이렇게 대놓고 까부는 너를 어떻게 감당해야 할지 곤란했어.

그런데 정신을 차려 보니 우리 집에 허휘수가 와 있었고, 우리는 새벽까지 서로의 취향을 공유하며 공연 이야기를 나누고 있었어. 무려 1시간짜리 공연 목록을 짜면서 속으로 '이게 진짜 되는 건가?' 생각하면서도 오랜만에 분출하게 된 예술에 대한 소회와 갈망을 풀어내는 게 너무 즐거워서 멈출 수가 없었어. 난 내가 예술에 사망 선고를 내렸다고 생각했는데, 아직 죽기는 너무 일렀던 건가 봐.
예술이라는 관뚜껑에 못을 박던 내가 어떻게 책까지 쓰고 있는 건가 생각을 해. 심지어 예술이라니. 난 아직도 내가 이런 주제로 글을 쓸 수 있는 자격이 있는가 고민해. (허휘수한테 끌려온 거긴 한데 그 얘긴 기회가 되면 할게.) 내가 예술가가 맞나? 이런 글을 쓰는 내가 주제넘다고 생각하는 사람들을 어떻게 설득해야 하는 건가?
하루에도 열두 번씩 그런 고민이 범람하는 내게, '가장 예술적인 서솔'이라는 말을 해주는 너를 어쩔 수 없이 '예술 재활전문의'라고 불러야 할 것 같아. 휘수는 나노물리학을 전공했으니까 어쩐지 그렇게 말해도 괜찮을 것 같기도 하고….
전공 얘기가 나와서 말인데 너는 가끔 스스로 비전공자의 자기혐오에 빠진다고 하지만, 내 경우엔 전공자의 자기혐오에 빠지기도 해. 배운 걸 도대체 어디에 써먹고 있나 싶은 거지. 생각해 보니 '물리학과'를 나온 댄서가 더 멋져 보이잖아? 심지어 학교에 다니면서 '예술뽕'에 스스로 잡아먹힌 사람들을 많이 봐서 예술학도라면 좀 지긋지긋한 마음도 있거든. 누군가 영화과 출신이라고 하면 '나처럼 온갖 못 볼 꼴을 다 봤겠구나.' 싶은 거야. 어떤 분야든 예술뽕에 대한 회의는 있긴 하겠지만 말이야. 나와 비슷한 생각을 해본 적이 있니?
끝으로 너의 나노물리학과 베이스는 개인적으로 내게 도움이 됐다는 점을 말하고 싶어. 우주에 대한 광활한 호기심을 가진 내가 상대성 이론만큼은 영원히 이해하지 못하겠다고 토로하자 수식으로 설명해 준

유일한 사람이거든. 30분이 넘게 열성적으로 설명해 줬지만, 여전히 이해하지 못해서 너무나 유감이야. 온 힘을 다해 설명해 줘서 그냥 알겠다고 해버렸어…. 너무 실망하지는 않았으면 해. 그래도 질량 크기에 따라 시공간의 왜곡이 더 커진다는 것까지는 외웠어. 나로서는 장족의 발전이란 걸 알아줬으면 하는 마음이야.

상대성 이론을 독파한 나노물리학과 출신의 댄서 그리고
'어떻게 이름까지 허휘수'인 예술 재활전문의 휘수에게
서솔이

지독한 짝사랑

서솔 짝사랑해 본 적 있어?

휘수 아니? 유튜브 라이브에서 '짝사랑해 본 적 없다.' 고 했다가 원성을 산 적은 있어.

서솔 맞아. 그 영상 난리가 났지. 나도 짝사랑해 본 적 없다고 생각했거든? 근데 '예술'이라는 단어를 생각하니까 해본 것 같은 거야.

휘수 예술을 짝사랑했다고?

(서솔은 그대로 얘기하고 싶어서 노트에 적어서 왔다.)

서솔 내가 일방적으로 좋아하는데 한 번도 나를 제대

로 바라봐 주지 않아서 혼자 사랑했다가 헤어졌다 하는 상대. 중요한 건 상대는 내 애달픈 감정을 몰라. 왜냐하면 적극적으로 말해본 적도 없거든. 짝사랑이야. 그런데 여기서 가장 중요한 사실은 그 과정에서 내가 끊임없이 상처받았다는 거지.

휘수 아, 상처를 받았다는 건 정말 중요한 일이네.

서솔 상처받았다는 생각은 오늘 처음 해본 거거든? 그래서 계속 곱씹어 봤어. 왜 상처를 받았다고 생각했을까? 곰곰이 떠올려 보니까, 대학교 신입생 때부터 상처받은 거야. 영화과에 들어간 순간부터 시작된 거지. 폭력적인 군기 문화, 말도 안 되는 선배들 틈바구니에서 끌려다니면서 낡아버렸어. 상처받기도 했지만 질려버렸다고도 말할 수 있어.

휘수 원래 그렇잖아, 짝사랑이.

서솔 휘수가 처음에 그런 얘기를 했잖아. '예술학과 전공자가 너무 궁금했다. 나는 나노물리학을 배워서 전공자들은 좀 다른 게 있지 않을까 생각했다.' 그런데 걸출한 예술가들 중에는 전공생이 아닌 경우가 많은 것 같은 거야. 너무 영화적으로만 접근했나?

휘수 봉준호, 박찬욱 감독 같은 사람들 무슨 과 나왔어?

서솔 봉준호 연세대 사회학과, 박찬욱 서강대 철학과. 내로라하는 감독들은 막상 영화를 배우지 않았어. 물론 나중에 아카데미에서 배운 경우도 있고, 인문학과 사회학을 배웠기 때문에 더 좋은 영화를 찍을 수 있었다는 인과관계도 말이 되지. 다만 우리 대화에서 중요한 건 예술가가 되기 위해서 예술을 전공하는 게 반드시 필요한 전제는 아니라는 거야.

휘수 정말 예술을 전공하면서 상처받아서 그런가?

서솔 구 할은 질려서 도망가 버린 것 같다는 생각이 드는 거야. 많은 예술학도가 예술로 먹고살 길을 찾는 시도를 해보기도 전에 '이 길은 아니다.' 하고 포기하는 게 아닐까? 합리적 의심이 드는 거지. 예술을 전공한 대학생들이 예술을 업으로 삼지 못하고 도망가는 이유가 돈 때문만은 아닐 것 같아.

휘수 일리가 있어. 짝사랑으로 비유하니까 많은 게 이해돼. 결국 짝사랑 끝에 내가 선택한 방법은 서동요 기법이지. '예술이랑 휘수랑 행복하게 잘 산다던데?' 소문내는 거야.

서솔 휘수는 직진을 잘하니까 할 수 있는데 나는 못한 거야. '직진해서 덤볐다가 내가 또 상처받으면 어떡하지?' 싶어서 혼자 울고불고하는 거야.

휘수 예체능 학과의 군기를 문화라고 얘기했잖아. 이상한 악습 때문에 상처받은 사람도 많을 거야. 문화라는데 어떻게 해? 그냥 굴복해야지.

서솔 어떻게 할 수가 없잖아. 고작 스무 살짜리가 오랫동안 지켜온 '문화'에 어떻게 반기를 들어. 입학하자마자 어리둥절하게 그 문화 속에 편입돼서 정신을 차려 보니 길들여져 있더라고. 우리 나이대가 딱 과도기였어. 졸업하기 전에 그런 군기 문화를 대표하는 행사는 없어졌거든.

휘수 세상이 바뀌어서 정말 다행이다. 내가 얼마나 어리석었는지를 깨닫게 해줘서 고마워.

서솔 대체 왜 그랬을까? 왜 그런 규칙이 있었는지 이해하려고 해도 헛웃음만 나, 창작학과에서 가장 처음 배운 게 '해서는 안 될 N가지 규칙'이었다는 게. 치마 입으면 안 되고, 구두 신으면 안 되고, 귀걸이는 빼고, 선배한테 인사해야 하니까 긴 머리카락은 묶고….

휘수 신입생들을 순종적으로 길들이는 거지. 악습을 이어가기 위해서. 비판적 사고를 하는 신입생은 살아남을 수 없어. 그러려면 거기서 벗어나야 해.

서솔 그래서 자퇴하고 편입하거나 전과한 동기들이 꽤 있었어. 그런 애들을 보면서 생각하는 거지. '이걸 못 견디고 나간다고?'

휘수 '우린 다 견뎠는데.' 견뎠다는 것에 대한 우월감도 좀 가지고.

서솔 엉성한 소속감이라는 게 굉장히 무서운 도구였다는 생각이 들어. 3학년 때까지는 정상적인 사고를 잘 못했던 것 같아. 휴학을 한 번 하고 학교 밖으로 나갔다가 돌아와 보니 그제야 시스템이 이상해 보이는 거야. 그러다 보니까 점점 내가 당시 영화를 보거나 찍을 때 객관적인 시각을 갖기가 너무 어려워졌어.

어떤 팀에 들어가서 작업을 할 때도, 영화가 일주일 만에 뚝딱 만들어지는 게 아니잖아. 아무리 학생들이 만드는 단편 영화라도 준비 기간이 최소 한 달에서 길게는 6개월씩 되니까. 일단 작업을 시작하고 나면 거기서 빠져나올 수가 없어. 애초에 의문을 가져서는 안 되는 프로세스였던 거야.

휘수 의문을 품는 순간 너무 괴로워지기 때문에 살기 위해 순응하는 거지.

서솔 맞아. 나는 선배들 작업을 1학년 1학기 때부터 쉬지 않고 계속했어. 아빠가 '서울에 있는 일은 너 혼자 다 하니?'라고 물어볼 정도였으니까. 그 과정에서 어쩌다 보니 내가 일을 잘하는 후배로 소문이 났어. 평판이 좋은 건 좋으니까 거기까진 괜찮았어.

그런데 기껏 촬영했던 영화가 알고 보니 도둑질한 시나리오라서 영화제에 상영 자체를 못 했던 적도 있고, 말도 안 되는 섹스신을 찍은 적도 있어. 아마 죽을 때까지 잊지 못하겠지.

휘수 일을 잘해서 생긴 트라우마인가?

서술 그런가? 몇 년 전에는 어떤 감독이 3D 그래픽 작업을 부탁했어. 내 그래픽 작업이 마음에 들고 아주 높게 산대. 그래서 나중에 영화 GV(Guest Visit)를 하면 내가 연출자로 같이 참여해 줬으면 한다는 거야. 이런 조건 때문에 헐값에 작업했거든. 영화에서 정말 중요한 장면들이어서 그래픽도 정말 중요했어. 결과는? 사라졌어. 그 영화가 좋은 평을 얻고 영화제에 초청됐는데 난 영화제에 간 줄도 몰랐던 거야. 완성본을 보지도 못했어. 작업을 부탁할 땐 별의별 소리를 다 하더니 영화가 완성된 후엔 일언반구 말도 없었어.

휘수 계속 배신당한 거구나.

서술 배신이라는 표현이 정확하다. 이런 사건을 곱씹을수록 상처받아.

휘수 예술 작업을 함께 하는 사람들한테 상처받았네.

그런 사람들은 도대체 왜 그랬을까? 생각해 보면 예술이 목적 그 자체인 사람들이 상처를 주는 것 같아. 예술을 어떤 형용할 수 없는 신성한 제단 위에 신처럼 올려놓고, 절대적으로 예술을 모시고 숭배하는 사람들이 특히 상처를 줘.

서솔 거기에 반하는 경우는 신성 모독이 되는 거지.

휘수 맞아. 예술이 뭔데? 그렇게 대단하지 않잖아.

서솔 결국 사람이 하는 일일 뿐인데.

휘수 예술은 예술일 뿐이야. 나도 예술을 사랑하지만, 그 예술이라는 존재를 너무 신성시하는 순간 예술의 주체인 인간이 사라져 버리는 게 아닌가 싶어.

서솔 맞아. 주객전도야.

휘수 자극 준다는 말도 싫어. 공부 자극, 인생 자극, 다이어트 자극 하면서 인터넷에 돌아다니는 말들 본 적 있어? 협박조의 폭력적인 말이 많아. 어디로 뛸지 몰라 머뭇거리는 말한테 채찍질하는 꼴과 비슷하다고 봐. 채찍이 아프니까 달려나가긴 하겠지만 결국 지속성이 있을까, 의문인 거지.

서솔 강압적인 교육자를 좋게 평가하는 경우도 있어. 좋은 결과를 도출해 내기 위해 그렇게 했다는 식으로 포장하잖아.

휘수 영화 <위플래시> 알지? 그 폭군 같은 선생님을 좋은 지도자라고 평가하는 사람도 있더라고. 오류와 잘못을 바로잡는 강경하고 단호한 교육은 당연히 필요하지. 근데 폭력은 교육의 범주가 아니잖아. 결과가 좋으면 다 괜찮다… 이거 너무 한국적이야. 대학만 잘 가면 다 괜찮은….

서솔 그래서 대학 진학하고 외국으로 도망가는 예술가들도 많은 것 같아. 예술 교육에도 너무 획일화된 부분들이 많잖아. 입시 미술도 예전부터 기형적이라 생각했거든. 카테고리가 '발상과 표현'인데 그림 그리는 법이 다 정해져 있어. 정답이 애초에 정해져 있는 느낌이랄까?
대학교 때 가장 친했던 친구가 결국 프랑스로 가버린 것도 기억나. 그 친구의 부재도 내가 예술로

부터 도망친 이유 중의 하나인 것 같아. 정말 많은 창작을 같이했고, 20대 내내 자아를 형성해 가면서 나눈 대화와 경험들이 소중했는데 시야에서 갑자기 사라져 버렸거든. 집이 사라진 느낌이라고 해야 하나? 먼지 휘날리는 공터에 나 혼자 덩그러니 서 있는 느낌이야.

휘수 그걸 뒤늦게 깨달은 거구나.

서솔 한참을 몰랐는데, 대화를 하다 보니까 갑자기 깨달았어. '그랬구나. 내가 그런 거였구나.' 그렇게 상처투성이인 와중에도 많은 걸 나누고 같이 만들던 친구가 내 인생에서 없어져 버린 것은 나에게 굉장히 중요한 사건이었던 거지.

휘수 그 사건도 예술을 함께한 '사람'이 중요했던 거네.

서솔 그러게. 예술도 결국 사람이 하는 거라 '짝사랑'이라는 단어를 쓸 수 있었나 보다. 언젠간 나도 짝사랑을 완성할 수 있겠지?

서솔의 이브닝 노트

- 나의 예술적인 소개팅

20세, 고등학교 친구가 주선해 준 소개팅에 나갔다. 본인 대학 동기인데 괜찮은 것 같다고 내게 적극 추천했다. 못 이기는 척 신촌의 허름한 카페에서 그를 만났다.

"영화관에 왜 돈 쓰는지 모르겠던데요. 전 영화 안 봐요."

영화과에 다닌다고 얘기했더니, 그는 스스로 '반영화주의자' 임을 밝혔다. 아마 공대생이었던 것 같다. 생애 첫 소개팅의 기억은 친구 멱살잡이로 끝났다.

23세, 학과 선배의 적극적인 추천으로 두 번째 소개팅이 잡혔다. 본인 고등학교 동창인데 정말 괜찮은 놈이라고, 키가 190cm가 넘는다고 했다. 역시 못 이기는 척 나갔다. 이번엔 그나마 신촌의 프랜차이즈 카페였다.

"저는 법을 공부해서 영화는 잘 모릅니다."

거구의 법대생은 기꺼이 '예술 문외한' 타이틀을 얻으려 했다. 길거리에서 듣게 된 말은 내 정수리를 맴돌았다. 허공의 말을 잡으려 고개를 들면 가로등 빛 때문에 그의 얼굴이 제대로 보이지 않았다. 두 번째 기억은 희뿌연 가로등의 산란에서 끊긴다.

26세, 이번엔 모션 그래픽을 하는 남자였다. 이전과 다른 게 있겠지. 디자인하는 사람은 '뭔가' 다르지 않을까 기대했다.

웬걸, 키 프레임만 잡다가 끝났다. Ease in, Ease out, Ease in, Ease out.
2n세, 냉무.

휘수의 모닝 페이지
- 짝사랑을 가장 쉽게 이루는 법

예술을 짝사랑하고 계신가요? 어려운 시절을 보내리라 생각합니다. 당신의 답답함과 상처를 모두 헤아리진 못하겠지만 저도 그 시절을 겪었다는 것만 말씀드리고 싶네요. 희망적인 이야기를 먼저 하자면 예술은 실재하는 사람이 아니라는 것이죠. 예술의 사랑은 얻어내는 게 아니라, 느끼는 것이에요.
예술이란 놈은 쉽게 곁을 주지 않는 것처럼 보입니다. 옆자리를 노리는 이들이 워낙 많은 데다가 그 옆은 아주 협소해 보이죠. 한정된 이들에게만 허락하는 자리처럼요. 특권을 누리는 것처럼 보이는 이들을 동경하고 시기하고 사랑하기도 합니다. 우리는 착각하고 있어요. 옆을 차지하는 게 아니라 예술이 내 곁으로 오게 하는 겁니다. 예술은 햇빛이에요. 저기 저 빛나 보이는 이가 독차지할 수 없어요. 그 빛은 나 역시도 비추고 있죠. 따스함을 느끼는 건 우리 몫이었어요.

예술이 나를 사랑하고 있다는 걸 아는 순간 짝사랑은 사랑이라는 완전한 형태를 가지게 됩니다. 예술은 억울할지도 몰라요. 당신을 정말 사랑하기에 아낌없이 빛을 보내고 있는데 알아봐 주지 않았으니까요. 이상형으로서의 예술 말고 진짜 예술을 바라봐 주세요. 이미 온기 가득한 별으로 당신을 지켜주고 있을지 모릅니다. 엇갈린 세월을 뒤로하고 이제 마주 보시기 바랍니다.

두 사람은 수요일마다 모여 회의하거나 글을 쓰고 작업을 했다.

처음이라 그래 며칠 뒤엔 괜찮아져

서술 네 첫 공연은 언제라고 생각해?

휘수 첫사랑처럼 언제라고 해야 할지 잘 모르겠네.

서술 그럼 첫사랑은 언제인데?

휘수 고3 때였나?

서술 그 기준이 뭐야? 어떻게 해서 고3이 도출됐어?

휘수 내가 이 사람을 진짜 좋아한다고 생각했을 때?

서술 그걸 판단한 어떤 기준이 있어? 어떤 행동을 했다거나 어떤 마음이 들었다거나?

휘수 이해되는 거지, 이 세상의 사랑 노래와 사랑에 대해 묘사한 글이나 드라마 같은 것들이. 물론 다 이해한 건 아니지만 몇몇 드라마 속 주인공 표정은 이해가 되더라고. 왜 저런 표정을 짓는지.

서솔 그렇다면 첫 공연이 언제야?

휘수 왜 이때가 생각나는지 모르겠는데, 2013년에 했던 '펑키걸스' 공연이 처음이라고 생각해.

서솔 그때가 첫 공연이야? 스무 살 때부터 무대는 많이 섰을 거잖아.

휘수 난 열다섯 살부터 했지.

서솔 열다섯 살 때부터 스물한 살까지는 예행연습 같은 건가?

휘수 잘 모르겠어…. 그 공연에서 내가 주체적이라고 느껴졌던 것 같아. 그전까지는 춤이 좋아서 추긴 했는데 내가 주체적으로 무언가 해냈다는 느낌은 별로 없었어. 왜 그랬는지는 지금 좀 생각해 봐야겠다.

서솔 방금 얘기한 펑키걸스라는 공연에서는 센터에 많이 서서 그렇게 느낀 거야?

휘수 아니, 딱히 그렇지도 않았는데. 그때 내가 무대를 보면서 처음으로 스스로 멋있다고 생각했던 것 같아. 나 자신이 잘했다고 느낀 거야. 춤을 췄을 때 춤에 몸이 끌려가는 느낌이 아니라, 충분히 연습이 돼서 무대에 섰다는 느낌. 그런 걸 처음으로 느낀 공연이었어.

서솔 '새연'* 했나, 새연?

휘수 응, 그런 것 같아. 신기하다, 얘기해 보니까. 펑키걸스 공연에서는 무대를 세 개나 했어. 케이팝 커버댄스로 엑소의 <으르렁>하고 댄스동아리 동기들이랑 다른 퍼포먼스 두 개 하고. 퍼포먼스 중의

* '새벽 연습'의 준말로, 서솔은 2020년 11월 함께 공연을 준비하며 휘수에게 새연이라는 단어를 배웠다.

하나가 레이디 가가의 <Judas>라는 노래로 공연했거든? 보라색 톱을 입고, 그 위에 안이 비치는 옷을 입었어. 하이웨이스트 레깅스… 같은 거랑. 네 첫 촬영은 언제야?

(한참을 생각하다가)

서솔 학교 다닐 때 워크숍으로 찍었던 건데, 촬영 파트에 내 이름이 들어간 첫 영화였나 봐. 스물한 살 여름이었어. 첫 촬영은 그때가 맞는 것 같은데 너무 어리숙했던 스물한 살 때의 기억이야. 그때를 떠올리면 쪽팔린 게 더 먼저 생각나.

휘수 어? 나도 그런데. 멋있게 느껴졌다고 말했지만 양가감정이 드는 건 사실이야. 나름 괜찮긴 했어도 부족한 게 많았으니까.

서솔 너무 잘해야겠다는 욕심이 커서 그랬던 것 같아. 학생 단편 영화도 보통 열 명 이상의 인력이 필요한데, 그 많은 인원이 긴 시간 동안 고생해서 만드는 장면을 촬영하는 건 결론적으로 나잖아? 찍는데 너무 힘이 들어갔던 거야.

휘수 처음에는 힘이 많이 들어가지.

서솔 그때도 나중에도 누군가한테 말한 적 없는 얘긴데… 나중에 편집실에서 찍힌 장면을 보고 '내가 이렇게 찍고 있는데 왜 아무도 나를 안 말렸지?'라는 생각이 들 만큼 몇 장면은 너무 쪽팔린 거야. 다시 봐도 너무 과했어. 이제 어디서든 볼 수 없는 영화니까 얘기해 보자면 그때 장뤼크 고다르 영화를 되게 많이 봤어. 그리고 다르덴 형제 영화를 많이 참고했는데, 처음부터 끝까지 다 핸드헬드**로 찍었던 영화가 있었거든. 그걸 당시 연출자랑 내가 너무 좋아했어.

휘수 핸드헬드 지금도 좋아하잖아.

(서솔은 지금도 픽스 컷을 좋아하지 않는다.)

서솔 맞아. 그땐 더 좋아했어. 다르덴 형제의 영향을 굉

** 카메라를 고정시키지 않고 손에 든 채 촬영하는 기법. 고정하고 찍는 것은 '픽스 컷'이다.

장히 많이 받아서 '그럼 우리도 처음부터 끝까지 다 핸드헬드로 찍자!' 하게 된 거야. 막상 촬영에 들어가고 그 영화랑 비슷한 느낌을 내고 싶어서, 내가 너무 카메라를 과하게 제어한 거지. 영화를 볼 때 관객이 '어? 카메라가 움직인다.'라고 생각하는 순간 그 촬영은 보통 실패한 거라고 얘기하는데, 정확한 예시를 내가 해버린 거야. '카메라가 움직이는군! 카메라 감독이 신나게 카메라를 흔들고 있군!'

휘수 그렇네! 생각해 보면 핸드헬드로 찍어도 카메라 움직임을 보통 인식하지 않는구나.

서솔 카메라 무빙은 특별한 의도가 없는 이상 관객들이 인식하면 안 된다는 게 촬영의 정석인데, 그걸 내가 해버린 거지. 거기서 쪽팔리다고 어떻게 말해? 그렇게 얘기하는 순간 진짜로 사실이 돼버리는 거잖아. 아무도 언급하지 않는데, 찍은 사람이 나서서 '이렇게 찍어서 너무 쪽팔리고 미안합니다.' 하는 순간 '재 뭐지?' 이렇게 돼버리니까, 그냥 넘어갔지. 그리고 10년이 지나서 이렇게 고백합니다. 난 그런 게 있었거든. 학교 안에 촬영하는 여자가 거의 없었어. 그때 내가 스물한 살밖에 안 됐었고 누가 나한테 어떤 대표성을 준 것도 아니지만, '어, 여자로 태어난 몸. 내가 한 번 해서 내보이겠다. 지켜봐.'

휘수 그런 사명감이 있었구나.

서솔 '내가 이걸 잘 해내서 이 학교 안에 있는 사람들한테 증명하겠다.' 그러다 보니 어깨에 힘이 너무 많이 들어가 버렸어. 여기까지가 저의 첫 촬영 요약입니다.

휘수 처음은 다 그런 거 아닐까? 부끄러운 거야. 그래서 사람들이 이런 질문을 들으면 '처음의 기준이 뭔데요? 정의가 뭔데요?'라고 굳이 반문하는 거야. 본인이 생각하는 처음은 다 쪽팔리거든. 첫 키스든 첫사랑이든 첫 공연이든 첫 촬영이든, 다 쪽팔리고 마음에 안 들 거야. 다 어리숙하니까.

서솔 지금 생각하면 너무 어설프니까. 내가 어저께 본 글이 있었는데, 예전에 난 기사 타이틀이야. '요즘 젊은 배우들 연기력이 너무 떨어져서 큰일이다.'

누가 언급됐게?

휘수 모르겠네. 누구지?

서솔 이병헌, 이영애.

휘수 (입을 틀어막으며) 와, 그 사람들 신인 때 '신인들 연기 못한다.' 그런 기사가 났던 거구나.

서솔 지금 와서는 다른 걸 막론하고도 연기로는 태클 받지 않는 사람들인데, 신인 시절에는 다 똑같다는 거지. 그래서 사람들이 쓴 댓글 보니까 그 기사에서 힘을 얻어간다고 하더라고.

휘수 그렇네, 희망이 되네. 그럼 나도 누군가한테 충분히 희망이 될 수 있지.

서솔 그 희망의 시점이 지금이 될지도 몰라. 나중에 '첫 작품은 언제부터 만들었나요?' 하면 '36살 때요.' 라고 대답할 수도 있어.

휘수 그렇지. 아직 많은 사람이 내 작품을 본 게 아니니까, 언제든지 마음대로 바꿀 수 있다는 게 이점이 기도 하네. 그런데 참 처음이라는 게 뭐길래 이렇게 서로의 처음이 언제인지 궁금해하고 자신의 처음을 떠올리는 걸까? 지금과 처음을 비교하면서 '내가 그래도 그때보단 지금이 낫지.' 하고 자위하려고? '그때가 순수했지.' 하면서 추억하려고?

서솔 각자 자신의 처음이 어땠는지 생각나지 않아서 그런 것 아닐까? 인간은 본인이 태어났을 때를 아무도 기억할 수 없잖아.

휘수 그래서 어떤 기준점을 계속 찍으려는 건가?

서솔 나의 처음은 내가 모르니까, 다른 어떤 것의 처음은 계속 알고 싶은 거지.

휘수 이건 우리가 같이 쓴 첫 책. 다음이 있다면 그때 이 책은 우리한테 어떤 의미가 될까?

서솔의 이브닝 노트

- 생각의 출처

내 생각이 어디서부터 생겨나 머릿속으로 들어오는지, 궁금함에 고통스럽던 밤이 있었다. '어린이'에서 '학생'으로 넘어갈 무렵, 호기심은 내 생각의 근원이었다. 그 시절 나는 생각의 꼬리를 찾기 위해 한쪽으로 빙글빙글 몸을 돌려 일부러 어지러움을 느끼곤 했다. 어지러움을 못 이기고 이불에 풀썩 주저앉으면 이내 생각은 멈추고 몽롱한 상태만이 의식을 지배했기 때문이다.

"내 생각이 어디서부터 오는 건지 알 수 없어서 너무 혼란스럽다."

어릴 적, 실수로 비싼 MMS 문자를 보내지 않기 위해 나의 혼란함을 80자 안에 꾹꾹 담아 문자를 보낸 적이 있다. 친구는 "나도 그럴 때가 있어"라는 답장을 보내왔다. 일정 부분 위안이 되었지만, 그런데도 나의 존재론적인 의미와 혼란에 관해서는 설명해 줄 사람이 없었다.
생각의 방황, 이것이 나의 사춘기였다.

휘수의 모닝 페이지

- 처음은 처음이다

처음엔 노련해지고 싶고 그다음엔 처음과 같아지고 싶다. 같은 중력을 받으며 살아가는 인간이라고 상상도 못 할 만큼 거대했던 이들이 있다. 어찌 그리 커 보였을까. 사실적인 순간들로 인해 그들과 같은 선상에 놓일 때마다 슬펐다. 한눈에 보일 만큼 작은 몸집을 인정하기 싫었다. 어깨 사이로 목을 접고 올려다보고 싶었다. 얼마 후엔 아무리 웅크려도 그의 눈이 내 눈 아래에 있었다. 더 이상 우러러볼 곳이 없었다. 접힌 어깨, 뻐근한 등이 불편했다. 개운하게 기지개를 켰다. 상쾌하게 깊은숨을 들이마셨다.

아, 내가 커진 거구나. 아직 높아진 시야가 낯설다. 초심은 독약이다. 누군가에겐 약초일 수도 있지만, 약초도 과용하면 죽을지 모른다.

처음은 한 번뿐이기에 고귀하고, 다시없을 순간이라서 기념한다. 처음의 기준이 뭔데? 기준을 세우는 것은 만족스러운 처음을 만들려는 시도다. 처음은 그냥 처음이다. 정의와 기준은 개인적이다. 과도한 의미 부여는 사이비를 낳는다. 그럴듯한 처음이란 건 없다. 처음은 처음이다.

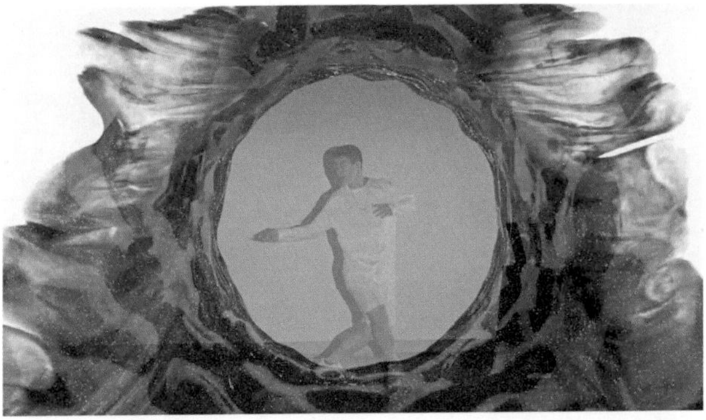

두 사람이 함께 처음으로 협업했던 'Visual Choreography' 작품

쾌락주의자의 고백

휘수 진짜 이렇게 그만 살아야 해.

(휘수는 또 야식을 먹고 혼술을 했다.)

서솔 지금 만나서 제일 많이 한 말이 '창작을 위해서 그만 이렇게 살아야 한다.'라는 게 너무 웃기다.

휘수 새벽까지 술 마신 날은 아침에 일어날 때 머리가 너무 복잡해.

서솔 어떻게 복잡한데? 뭔가를 생각하면서 일어나는 거야?

휘수 난 보통 생각 때문에 일어나. 어떤 생각이 피어오르기 시작하면 계속 계속 더 커진단 말이야. 진짜 피어오르듯이 막 이렇게 퍼져. 그래서 생각이 머릿속을 가득 채우면 일어나는 거야. 더 이상 잘 수 없으니까.

서솔 약간 포자 같네.

휘수 그렇지. 포자 같은 거야. 막상 딱 일어나면 무슨 생각을 했는지 기억이 잘 안 나.

서솔 그러면 그건 꿈 아닐까?

휘수 꿈인 건가? 아무튼 술을 먹고 자면 아침에 더 복잡해. 밤에 혼자 시간을 보내고 고요한 상태로 잠들고 고요하게 깨면 머리가 고요하고.
기본적으로 창작은 어떤 다른 세계에 빠진 상태인 것 같거든. 창작의 과정을 묘사하자면 그런 것 같아. 엄청난 집중력이 필요하고. 이렇게 고요하지 못한 상태가 지속되면 창작을 위한 다른 세계로 가는 데까지 시간이 너무 오래 걸려. 굉장히 많은 에너지를 소모하는 거지. 그곳까지 도달하는 게 너무 힘들어.

그래서 이럴 때마다 내가 정말 창작자로 댄서로 안무가로 살고 싶으면, 작가로 살고 싶으면 이렇게 살면 안 된다. 이런 생각을 항상 하지만! 그 잠깐의 쾌락, 거기에 늘 지고 만다. 한낱 인간이다.

서술 그렇다면 허휘수는 쾌락주의자인가?

휘수 쾌락주의자라고 볼 수 없지. 쾌락주의자면 쾌락적인 삶을 살았을 때 만족스러워야지. 난 반대잖아. 차라리 쾌락주의자였으면 이렇게 괴롭진 않았겠어. 오늘 아침에 너무 자괴감이 드는 거야. 스스로가 너무 의지박약자 같고, 한심하고….

그래서 어제부터 나를 의지박약자라고 부르지 않고 '다짐하는 인간'으로 부르기로 했어. 라틴어로는 피데 프로미소르야. 피데(fide)는 신뢰, 프로미소르(promissor)는 허풍쟁이, 약속만 하는 사람, 이런 의미야.

서술 아, 행동을 바꾸기보다 네이밍을 다시 했네?

휘수 좀 있어 보이지? 다짐하는 인간.

서솔 다짐 전문이긴 하지. 문득 난 술도 안 먹고 담배도 안 피우고 유흥을 즐기지도 않는데 그동안 왜 대단한 창작자가 되지 못했지…?

휘수 넌 이미 대단한 창작자야.

서솔 물론 그런 걸 멀리하는 게 대단한 창작자의 절대적인 조건은 아니지만. 좋은 창작자의 조건을 생각했을 때 나는 무엇을 더 개선해야 하는가, 이런 생각이 드는 거지. 물론 그래서 지금 운동 열심히 하고 있지만….

휘수 우리가… 반고흐처럼 돈을 대주는 동생이 있는 것도 아니고 르네상스 시대처럼 돈을 대주는 왕이 있어, 귀족이 있어? 다 돈 버느라 그런 거 아니야. 우리의 많은 에너지를 생계 유지에 쓰고 있어서.

서솔 맞아, 늘 원하는 게 경제적 자유를 이룬 뒤의 어떤 삶이잖아.

휘수 나도 나 후원해 주는 귀족이 있어봐.

서솔 ‘메디치 가문 구합니다.’ 공고 낼까?

휘수 메디치 가문이 나를 후원했다고 쳐봐. 춤만 추지 내가 지금 영상을 왜 만드냐고. 홍보 영상, 강의 영상 이런 거 왜 하냐고 내가. 메디치가 같은 데 어디 없나? 어디 재벌가라도 나를 어떻게 좀 해보지 그래?

(휘수는 영상 업체를 운영 중이다.)

서솔 그래서 역설적으로 우리가 먹고살 만한 거잖아, 먹고사는 데 시간을 더 많이 쓰기 때문에.

휘수 당연하지. 우리 진짜 열심히 일하잖아.

서솔 난 내가 이렇게까지 열심히 돈을 버는 어른이 되어 있을 줄은 몰랐어.

휘수 나도 그래. 왜 이렇게 돈을 열심히 버는지 생각해보니까 행복하게 춤추기 위해서인가 봐. 돈 버는 이유가 이 서울 한복판에서 나라는 인격체를 지켜내고 아티스트 휘슬을 부양하기 위해서인 거야.

돈은 자본주의 세상에서 나를 지켜주는 최소한의 보호막이기도 하니까. 그래도 핵심은 창작이야. 창작을 위해 돈을 벌어.
창작하기 위해서 돈을 벌지만 노동할 때는 또 돈만 생각해. 돈 벌 시간에 창작하고 싶거든, 내 마음 깊숙한 곳의 진심은. '시간이 아깝다.', '이 시간에 뭐라도 더 만들고 싶다.' 이런 생각이 들면 정신적 에너지를 너무 많이 쓰게 돼. 100만 원을 버는 일이면 100만 원만 생각하면서 해. 돈 버는 일에 힘을 다 써서 창작할 체력은 남아 있지 않은 현실을 자각하면 좀 울적하니까.

서솔 아무래도… 메디치 집안이 필요하다. 메디치 구합니다, 메디치 구해요.

휘수 루트비히 2세(바이에른주의 군주)가 바그너를 진짜 좋아했대. 그래서 엄청나게 지원을 해줬어. 바그너 이름으로 된 성도 있었을걸? 바그너가 남긴 명언이 있는데, "위대한 예술이란 난방이 안 되는 다락방에서는 불가능하다."

서솔 너무나 맞는 말이지.

휘수 우리 엄마도 맨날 말하거든. 돈 없으면 예술 못 한다고.

서솔 스물일곱 살 때 내가 창작가로 성공했으면 이렇게 안 됐을 것 같긴 하지만 스물일곱 살 때 그 실력으로 과연 성공할 수 있었을까 생각해 보면 그건 또 아닌 거야. 지금 실력과 그때 실력은 비교가 안 되니까.

휘수 난 이렇게 생각해. 내가 아직 유명하지 않아서 다행이다. 왜냐하면 나는 계속 더 발전하고 있거든. 아직 보여줄 사람이 많다는 게 되게 좋아. 그 지점이 나를 되게 설레게 만들어. '아직 나를 모르는 사람이 더 많다!'.

서솔의 이브닝 노트

- 생애 주기와 기술 발전의 변화

0세	6세	10세	15세	20세	25세	30세~
	도스 컴퓨터	**인터넷 보급**	**개인 휴대폰 » 집전화 소멸**	**스마트폰**	**전기차, AI, 자율주행…**	**CHAT GDT4 SPACE X VR STREAMING**

1993년 개봉한 리들리 스콧 감독의 영화 〈블레이드 러너〉에 그려진 2019년의 모습을 떠올려 본다. 햇빛 한 줄기 들지 않는 공간에 가득 찬 암울한 기운. 하늘에는 자동차들이 날아다니지만, 그 기술의 발전이 전혀 반갑지 않았던 것은 파국으로 치달은 지구를 상상하게 되기 때문이었다. 기술 발전으로 파괴된 지구는 소설이나 영화에 자주 차용되는 소재였지만, 〈블레이드 러너〉처럼 마음 깊숙이 암울한 흔적을 남긴 영화는 없었다.

2019년으로부터 몇 년이 지난 지금, 영화처럼 시커멓게 그을린 도시에 살고 있지 않아서 다행이다. 그렇다면 이제는 〈블레이드 러너 2049〉를 바라보며 '26년 뒤는 어떨 것인가?' 상상하게 된다. 변화를 정리한 위의 표만 봐도 2023년은 어렸을 때 상상할 수 없었던 것들이 펼쳐진 세상이면서도, 〈블레이드 러너〉 속 하늘을 나는 자동차는 없으며 복제 인간이 지구를 점령하지도 않았다.

2049년의 우리는 행복할까? 기술의 진보가 우리를 어떤 세상으로 데려갈 것인가? 혁신을 가져오는 세계의 천재들은 어떤 마음으로 발전된 지구를 만들고 있나? 일론 머스크는 무슨 생각으로 날이면 날마다 인공위성을 쏘아 올리나? 우주 공간에 가득 찬 쓰레기가 정말 지구로 떨어진다면 어떻게 될 것인가? 프랑스 대혁명처럼 기술의 발전에 따른 지구 대혁명이 일어나 현대에서 다른 사회로 넘어가는 것은 아닐까? 기술 발전과 지구를 연관 지어 생각해 볼 때마다 갖가지 공상과 물음표가 밀려온다.

휘수의 모닝 페이지

- 야식

너무 맛있는 걸 어떡해? 또 냄새는 왜 그렇게 좋은데? 아니, 물론 안 먹고 자면 아침에 개운하겠지. 몸도 가볍겠지. 하지만 지금 먹고 싶은 걸 어떡하냐고. 그건 나중의 나고 지금은 지금이잖아. 내가 꼭 그 나중의 나를 위해 희생해야 해? 희생만 하다가 임종 직전에 먹는다면 뭔 소용이야. 한낱 몸 덩어리일 뿐이라고. 내 맘대로 되는 게 없는 세상에서 내 맘대로 먹지도 못해? 맛이라도 없든가. 무슨 이런 악마 같은 게

다 있어.

정신 좀 차려봐. 악마 같은 걸 입에 넣어 뭘 하겠어? 그건 그냥 혀를 마비시키는 마취 행위일 뿐이야. 스트레스 따위는 풀리지도 않는다고. 너도 알잖아. 호르몬의 농간이며 뇌내 물질의 간계일 뿐이잖아. 솔직히 배도 안 고프잖아. 지금 먹고 자면 수면 호르몬도 잘 안 나오고 소화하느라 뇌가 쉬지도 못해. 분명히 내일 컨디션에 지대한 영향을 줄 거야. 내일의 너도 너잖아…. 내일의 나를 위한 희생이라는 건 숭고한 인내라고, 너를 위한. 제발…먹지…ㅁㅏ. (닭 다리를 베어 문다.)

말보로 레드 피우던 언니들

서술 지금의 휘수에게 담배는 어떤 존재야?

휘수 나한테? 그러게, 과거에는 굉장히 집착하던 존재였는데.

서술 지금은 어때?

휘수 전 애인이지, 전 애인.

서술 <환승연애>는 담배랑 같이 나가면 되겠네. 요즘도 피워?

휘수 아니, 안 피워. 되게 피우고 싶을 때가 가끔 있어. 진짜 뒤통수를 맞은 것처럼 뒷골이 당기면서 갑자기 피우고 싶어져. 일하다가 스트레스받아서 잠시 쉬려고 일어나면 진짜 누가 뒤통수를 땅, 때리는 것 같아. "야, 담배 피워!" 그런 기분이 들면 진짜 피우고 싶어. 그런 걸 제외하면 갈망이 많이 없어졌는데 아마 명상 때문인 것 같아. 옛날에는 쉬는 시간을 가질 줄 몰랐던 거지. 잠시 아무것도 안 하고 그냥 숨만 쉬면서 가만히 있을 줄도 알아야 하는데 그걸 몰랐으니까 담배가 너무 필요했던 거야. 쉬는 시간을 만들어 주니까.

난 정말 습관적으로 피웠거든. 거의 알람처럼 50분에 한 번씩 피우고 싶었어. '나는 50분 일하고 10분 쉬는 그런 패턴이 필요했던 거지, 담배가 필요한 게 아닐 수도 있겠다.' 이렇게 생각했어.

서솔 나 학교 다닐 때 엄마가 한 두어 번 물어봤는데. 우리 딸도 혹시 담배 피우는 거 아니겠지, 하면서. 그러면 기겁하면서 무슨 절대 안 피운다고 이랬는데 스무 살 때 한 번 피울 뻔한 적이 있어.

물론 진지하게 "피워볼까?" 했던 건 아니고. 선배 영화의 연출부였을 때인데 그 영화에서 여자 주인공이 계속 담배를 피웠어. 그러고 나서 촬영 소품이 내 가방에 있었던 것 같아. 그때 이모 집에 얹혀

살 땐데 끝나고 들어가기가 싫은 거야. 그래서 아파트 입구에 앉아 있었어.
너무 심심하고 할 게 없었어. 그때는 지금처럼 스마트폰이 잘되어 있던 시절도 아니라서 그냥 멍하게 앉아 있다가 가방을 뒤적거렸는데 담배가 있었던 거야.

휘수 어떤 담배였어?

서솔 말보로 레드. 담뱃갑이 빨간색이잖아. 영화적 효과로 빨간색을 쓰기 좋으니까 계속 가져다 넣는 거야. 촬영장에서 그 담배를 몇 번은 봤어.

휘수 난 말보로 레드 하면 시인 친구만 생각나.

서솔 어떤 상징성이 있다니까? 현장 갔을 때도 조명팀 언니들은 꼭 그걸 피워.

휘수 맞아, 댄스동아리 언니들도 꼭 그걸 폈어. 약간 가오인가 봐.

서솔 센 거, 독한 거. 약간 뭐랄까? 그 세계의 인증표로 여기는 것 같달까?

휘수 (두 손으로 큰따옴표를 만들며) "나 예술한다"?

서솔 어어! 시나리오에도 담배를 피우는 장면에는 꼭 '말보로 레드'라고 쓰여 있어. 새빨간 색이라 연출하기 좋게 생겼잖아. 하필 내 가방에 있던 그 얇은 막대를 꺼내서 손에 쥐기까진 했는데, 피울 깡은 없었던 거지. 아무튼 결론적으로는 나는 담배를 한 번도 입에 대본 적이 없는 천연기념물이라고 할 수 있지.

휘수 대단하다. 난 진짜 담배 안 피우기 힘들다고 생각하거든. 주변 사람이 다 흡연자인 환경에서.

서솔 여자 동기 중에서도 담배 안 피우는 사람이 나랑 강민지밖에 없었어. 촬영 쉬는 시간에 다 담배 피우러 가면 둘이 쫄래쫄래 자판기로 가서 포카리스웨트 한 캔 뽑아서 나눠 먹고. 진짜 주변의 모두가 피웠어. 무게 잡으려고 시작했다가 중독되는 애들이 더 많았던 것 같아. 나도 한 번 줘봐, 이런 식으로 시작하더라고.

휘수 나도 좀 어울리려고 그랬었던 것 같아. 술자리가 있었는데 거기서 나만 비흡연자였거든. 8명 중에 7명이 흡연자였어. 그거 알아? 2012년에는 술집에서 담배 피울 수 있었잖아.

룸 술집이었는데 룸에서 7명이 담배 피웠어. 서솔이 있었으면 기절했을 공간이지. 그때는 나도 비흡연자니까 너무 싫은 거야. 티 안 내고 있다고 생각했는데 티가 났나 봐. 조금 있다가 다같이 나가서 피우다가 안 들어와. 너무 심심한 거야. 매캐한 연기만 남은 그 룸 안에서 혼자 뭐 해. 나도 나가서 같이 피우다가 이 모양 이 꼴이 된 거야. 나도 한 대만 줘봐, 했다가 청파동 헤비 스모커로 성장했어.

서솔 대학교 첫 여름 방학이 끝나고 보면 담배 안 피우던 애들이 2학기에는 흡연실에 있어. "야, 너 뭐야? 언제부터 피웠어?" 그러면 그냥 실실 웃는 거지. 안 피웠던 사람들도 다 피우는 무리 안으로 들어가 있는 거야.

휘수 모두가 흡연자인데 나만 담배를 안 피우면 그 무리에 계속 못 낀다는 느낌도 들거든.

서솔 나도 흡연실에 되게 많이 있었어. 어쩔 수 없이.

휘수 같이 얘기하려고?

서솔 회의를 그 안에서 해버리니까. 어쩔 수 없었어. 학교 다닐 때 간접흡연은 정말 셀 수 없이 많이 했어.

휘수 난 진짜 진짜 많이 피웠는데. 16시간을 깨어 있으면 16개 이상을 피우는 거야. 왜 그렇게까지 피웠을까? 못 피웠을 때 불안함을 방지하기 위해 꾸준히 니코틴을 몸 안에 주입해 준 느낌이려나.

서솔 비행기 타기 전에 막 세 개씩 피우고 그랬어?

휘수 두 개씩은 피웠던 것 같아. 비행기를 막 10시간 넘게 타야 하거나 그럴 때는 비행기 안에서 술을 많이 마셨던 것 같아.

서솔 넌 진짜 온갖 기호 식품 마니아다. 콜라도 좋아하고 술도 좋아하고 담배도 좋아하고. 초콜릿 공주(?)에.

휘수 그땐 담배를 피우는 행위가 약간 낭만적이라고 생각했던 것 같기도 해. 지금 시인인 친구, 걔는 옛날에도 좀 난해했거든. 스무 살 때 걔랑 같이 담배 피우면서 그 순간이 낭만적이라고 느꼈던 것 같아. 중학교 친구라 몇 년은 못 보다가 스무 살 때 서울에서 만나서 같이 담배 피우던 그 장면이 생각나. 걔랑 마주 보면서 담배를 피우는 이 순간이 '낭만적이다.' 이런 생각을 했었던 것 같아.

서솔 (웃음을 참으며) 부산에 있다가 성인이 되고 서울에서 만나서 서로에게 풍기는 약간 신비스러운 퇴폐적인 분위기도 좀 느끼고, 스스로가 다 컸다고 생각하면서?

휘수 맞아.

서솔 그러고 보면 신비스러운 퇴폐미를 원했던 또래 학생들이 좀 있었던 것 같아. 다시 태어나면 담배 다시 피우고 싶어? 피울 것 같지?

휘수 응. 이제는 습관처럼 그렇게 많이 피울 생각은 없거든. 다시는.

서솔 그래도 피울 수 있는 여지가 계속 남아 있네?

휘수 나는 정말 담배를 피우고 싶어지는 어떤 기념적인 순간이 온다면 피우고 싶기도 해. 어디선가 한 번 피우고 싶을 수도 있잖아. 아직도 낭만이 있다고 생각하나 봐, 담배에. 그런데 냄새가 너무 심해. 일상을 함께하긴 좀 힘든 친구야.

서솔 건강을 파괴하는데? 명상과 정확히 반대되는 행위인데? 뇌에도 안 좋은 영향을 주고 모든 신체에 악영향을 끼치는데 어떻게 낭만이 있는 거야?

휘수 단 음식이 몸에 안 좋은 걸 알아도 제로 콜라 같은 걸 찾아 마시잖아.

서솔 설탕 같은 걸 조금 먹는다고 금방 병나지는 않잖아요. 담배에 관해서는 약간 마음대로 생각하는 경향이 있네.

휘수 아직 미련 있어서 그래. 전 애인이잖아. 아무튼 어렸을 때와의 차이점은 이젠 건강하고 성실하게 예술을 하는 사람이 훨씬 더 많은 작품을 만들 수 있다는 사실을 안다는 거지.

서솔 술과 담배가 없어도 예술을 잘할 수 있다는 모범 선례가 좀 많아져야 하는데. 지금도 사람들이 예술가를 떠올리면 골방에 틀어박혀서 담배 피우는 이미지를 먼저 생각하잖아.

휘수 대단한 예술가 중에 그런 타입의 사람들이 몇 있잖아. 내가 그런 사람이었으면 좋겠다고 생각했던 것 같아. 타고난 재능이 있는 사람. 망나니처럼 살다가 갑자기 영감을 받아서 작품을 만드는데 만들기만 하면 대단한 게 나오는 사람.
하지만 그러기에 나는 너무 성실한 인간이고 아무것도 안 하다가 영감을 받아서 작품을 만드는 예술가는 아니란 걸 깨달았지.

서솔 성실한 예술가가 돼야겠네.

휘수 그래. 우리 성실하잖아.

서술의 이브닝 노트

- 중독의 아우성

인간으로 태어나 무언가에 중독되지 않은 사람이 있을까? '중독'이라는 단어만큼 합성 명사를 만들기 쉬운 단어도 없는 것 같다. 물 중독, 커피 중독, 탄수화물 중독, 술 중독, 마약 중독, 운동 중독, 관계 중독… 나열하다 보니 중독이라는 단어가 붕괴되기 시작했다.

이참에 중독이라는 단어의 생김새를 살펴보니 꽤 고약하게 생겼다. 자음과 모음 사이가 빽빽하게 모여 있는 느낌이다. 중독이라는 단어가 다른 단어를 '콱' 소리 나도록 물면 놓치지 않을 것 같은 느낌. 모음 'ㅜ'와 'ㅗ' 사이에 갇힌 단어들의 아우성이 들린다.

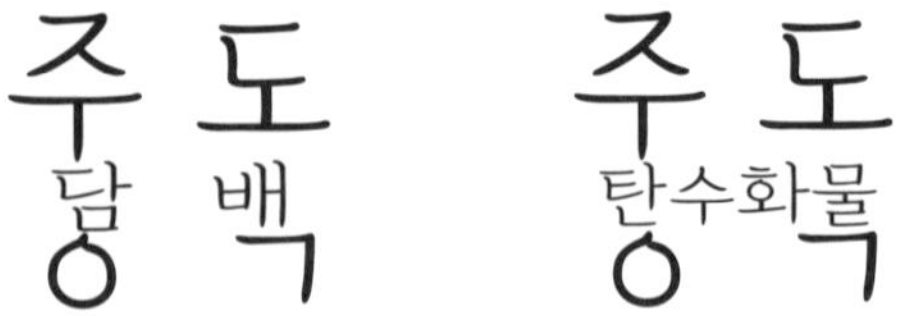

뇌 안에 갇혀 빠져나가지 못한 다른 단어들은 내심 억울하겠다. 보통 인간 스스로가 쾌락을 위해 만들어 놓고 그것을 많이 한다는 이유로 '중독'이라는 단어에 붙여버리니, 단

어들의 입장에서는 차라리 현실 세계에서 없애달라고 말하고 싶을지도 모르겠다.

휘수의 모닝 페이지
- 오기의 맞담배

담배를 끊었다. 예술을 하는 데 담배는 필요하지 않다는 걸 깨달아서였다. 온 가족이 내가 흡연자였던 사실과 지금은 금연 중이라는 것도 알았다.

오랜만에 부산에 내려가서 남동생과 아버지와 함께 셋이 술을 마셨다. 동네 작은 횟집에서 만족스럽게 먹고 나서 세 명 모두 약간의 취기를 즐기며 집으로 걸었다. 아버지는 남동생에게 연초를 하나 달라고 했다. 남동생은 바로 뒷주머니에서 담배를 꺼내 아버지께 드렸다. 아버지 입에 물린 담배에 불이 붙고 연이어 남동생도 불을 붙였다.

"야, 싸가지 없게 어디 아빠 앞에서 담배를 피우냐!"

작은누나의 따끔한 호통에도 아랑곳하지 않고 남동생은 아버지를 바라봤다. 아버지는 웃으며 "우리 자주 같이 피워."라고 했다. 억울했다. 나는 한 번도 아버지와 맞담배를 피워본 적 없는데. 남동생은 자주씩이나 피웠다니. "그럼 나도 피울래." 아버지와 남동생 그리고 나의 처음이자 마지막 맞담배였다. 오기로 얻어낸 담배를 담뱃대가 다 탈 때까지 웃으면서 피웠다. 다시 금연 1일 차로 강등되었지만, 후회 없었다. 서른이 넘은 딸과 20대 후반의 아들, 60대의 아버지가 같은 담배를 나누고 있는 장면은 시간이 지나도 가끔 생각날 거다. 물론, 지금은 셋 모두 금연 중이다.

이름이 두 개인 사람

서솔 ‘휘슬’이라는 댄서 이름은 언제부터 쓴 거야?

휘수 2016년도에 첫 댄스 배틀 나갔을 때 신청서에 ‘허휘수’라고 본명을 썼는데, 댄서 네임이 필요하다는 거야. “저 댄서 네임 없는데요?” 했더니 그러면 하나 정하래. 계속 쓸 테니까 이 기회에 정하라는 거야. 그때 내가 영어 이름을 whisoo로 썼는데, 스펠링이 휘슬하고 비슷하잖아. 그래서 whistle로 한 거지.

서솔 그날 바로 정했어?

휘수 바로 정했어. 그리고 그 이후로 바꾸려는 시도를 되게 많이 했어. 맘에 안 들더라고.

서솔 지금은 어떤데?

휘수 지금? 좋아. 바꾼다고 생각하면 오히려 이상해. 별 생각이 없어졌어. 이제는 내 이름 같으니까.

서솔 그러면 사람들이 만났을 때 허휘수 님이라고 하는 게 좋아, 휘슬 님이라고 부르는 게 좋아?

휘수 그런 선호도는 잘 모르겠네. 나를 휘슬이라고 부르는 사람은 잘 없어. 내 이름이 특이하잖아. 그래서 사람들이 이름을 잘 기억하는 것 같아.

서솔 맞아. 심지어 허휘수라는 이름을 예명으로 알고 있는 사람도 있지 않아?

휘수 있어. "휘수 님 본명이 뭐예요?" 이렇게 물어봐.

서솔 '이름이 어떻게 허휘수야.'(온라인에서 휘수의 팬들이 가장 많이 하는 말)에 입각하여.

휘수 서솔의 이름은 어디서 왔어? 엄마 성을 따랐다고 했잖아. 특별한 이유가 있어?

서솔 대단히 깊은 생각을 했던 건 아니고. 지금까지 아빠 성으로 살아왔으니, 지금부터는 엄마 성으로 살아야 엄마 아빠가 공평하겠다. 그런 단순한 생각이었어. 지금은 너무 익숙해져서, 병원 접수할 때 서솔을 쓰는 지경에 이른 지 오래지.

휘수 연예인 중에도 가명을 쓰는 사람들이 많잖아. 강타 본명이 안칠현이라든가. 물론 대중들이 본명을 다 알고 있지만, 실제 이름이 달라서 얻는 이점이 있으려나?

서솔 나는 그걸 이용한 적은 있어. 논란에 휩싸이거나 나한테 싫은 소리를 하는 사람이 있을 때, 아니면 유튜브 댓글로 말도 안 되는 욕을 먹을 때. '이건 내가 아니라, 서솔이 감당할 일이다.' 이렇게 생각하면서 멘털 관리를 하는 거지. 어떤 때는 정말 수습이 안 되니까, 정신적으로 버티려면 그렇게 생각해야겠더라고.

휘수 좋은 생각인데? 나는 '휘슬'이라는 이름은 댄서, 유튜브에 출연하는 캐릭터 같아.

서솔 유튜브 안의 휘슬은 확실히 짜인 틀 안에서 연기하는 캐릭터 느낌으로 구성됐던 것 같다.

휘수 그래서 '휘수 님 춤 잘 춘다.'라는 말과 '휘슬 님 춤 잘 춘다.'라는 말의 느낌이 달라. 전자는 개인적인 칭찬을 듣는 느낌. 후자는 그냥 대외적인 칭찬 같달까? 예전에 어떤 점쟁이가 나보고 이름이 유명해지기 힘들다고 했는데, 그 생각이 나네? 그래서 가명이 있어야 한다고 했거든. 허휘수 이름은 작가 이름이라고.

서솔 이제 작가이기도 하잖아.

휘수 내가 이렇게 될 줄 몰랐지! 그때는 2017년쯤이었거든. 두 개의 이름으로 사는 삶은 재밌는 것 같아. 꼭 사람들에게 밝혀지는 게 아니라도.

서솔 구병모 작가님 같은 사례 얘기하는 건가?

휘수 맞아. 특히 본인을 숨기고 활동하는 예술가들 있잖아. 얼굴을 절대 공개 안 하는 식의 신비주의를 고수하는 예술가. 난 사람들이 다 나인 줄 알았으면 좋겠거든. 그래서 그런 지점은 늘 공감할 수 없는 영역이었어. 나라는 존재를 자랑하고 싶고, 칭찬받고 싶은데 어떻게 모두가 칭찬하는 작품 뒤에 존재를 가리고 숨어 있을 수 있지?

서솔 이미 엎질러진 물이라서 어떻게 할 수가 없지만, 다시 돌아가서 숨길 수 있다면 숨기고 싶어. 이런 삶을 진짜 예상하지 못했어. 번화가에 가면 나를 알아보는 사람이 매번 한두 명씩은 있고, 길 가다 반대편에서 누가 나를 향해 손을 흔들고. 나는 내가 그런 줄 몰랐는데, 그렇게 낯선 사람이 말을 걸면 너무 놀라. 그래서 늘 심장을 부여잡는데 나를 반가워하는 사람들은 내 기질이 어떤지 모르잖아. 얼떨떨하게 안녕하세요, 감사합니다, 인사하고 나서 '서솔한테 길에서 인사했는데 떨떠름하게 인사받고 싸가지 없더라.' 이런 글이 올라오면 어떡하지? 그런 생각이 자꾸 드는 거야. 그런데 여기서 중요한 건 유명해지기 싫다는 건 아니야.

휘수 내가 유명하긴 한데, 아무도 난 줄 모르는 것 말하는 거지?

서솔 그렇지. 아는 사람만 아는 사람이 되고 싶었어. 예를 들어보자면 버질 아블로의 덜 유명한 버전이랄까. 유명인이랑 협업하고 업계에서는 유명한데 관심 없는 일반 대중들은 날 몰라. 그 문화를 정말 깊숙이 향유하고 좋아하는 사람들은 반드시 알아.

휘수 그 문화를 좋아하는 사람들은 이 사람을 모르면 안 돼. 만약에 모르면 '너 이걸 좋아하는데 서솔을 몰라?' 이런 반응이어야 하는 거지? 그런 게 여러모로 좋긴 한데, 참 쉽지 않아.

서솔 난 아무리 생각해도 내가 유튜브에서 3초 만에 찾을 수 있는 사람이 될 줄 몰랐어.

휘수 아… 난 더 유명해져야 하는데. 우리 엄마가 나를 너무 띄워놨어. 엄마가 어릴 때부터 허휘수는 천하를 호령할 이름이라고 그랬거든. 이름이 하늘을 찌른다고 했어. 그럼 이제 물어보는 거지. '엄마, 그래서 언제 찌르는데요?'

서솔 사람은 이름 따라 산다는 말이 어느 정도 맞는 것 같아. 연예인들이 항상 다른 이름으로 데뷔하고,

유명해질 수 있는 이름을 철학원 가서 받아 오고 그러잖아.

휘수 이름은 중요해. 난 내 이름 좋아.

서솔 휘수 말고도 많은 사람들이 휘수 이름을 좋아해.

휘수 난 내 이름이 좋지만, 만약에 지금 나를 숨기고 무언가 새롭게 도전하고 싶어서 가명을 짓는다면 어떤 이름을 지을까?

서솔 멋있는 한자를 조합해 보지 않을까? 어렸을 때는 한자 정말 싫어했지만, 가장 많은 의미를 압축적으로 담을 수 있으니까. 되게 거창한 한자 2개 골라서 붙일 것 같아.

휘수 휘수 말고는 진짜 생각이 안 난다.

서솔 휘수는 휘수지. 휘수는 휘수로 살아야 돼. '허휘수는 어떻게 이름도 허휘수야.' 해야 되니까, 영원히 다른 이름 쓰면 안 돼.

서솔의 이브닝 노트

-단 하나의 단어

나는 예술가인가 아닌가? 나는 창작가인가 아닌가?

사람은 살아가는 방식과 모양새에 따라 무엇으로 반드시 분류된다. 태어난 날에 따라 신생아에서 어린이로 바뀌며 교복을 입는 순간 학생이 된 뒤 직업에 따라 적당히 자신을 소개하는 말이 바뀐다.

마땅히 취업해야 하는 나이대가 될 때 사람은 세 가지의 이름으로 다시 분류된다. 취업 준비생, OO 사원, 그리고 백수. 그것도 아니면 구직 포기자 등 내가 어떤 상태에 있든 나를 설명하고 집어넣는 단어가 있다. 현재를 살아간다는 건 반드시 무엇인가로 분류된다는 말인데, 그렇다면 서솔이라는 표본을 설명할 수 있는 단 하나의 단어는 무엇일까?

휘수의 모닝 페이지

- 어리석은 선장

내 이름은 뭘까? 좋은 세상 덕에 엔잡러.

그게 아니었으면 그냥 이곳저곳 떠도는 보부상.

돈 되는 건 일단 떼어다 파는 도매상.

나도 팔고 춤도 팔고 영상도 팔고 글도 파는 잡상인.
예술가이고 싶었는데.
열심히 살수록 예술과 멀어지는 듯하다.
어쩐지 떠나온 육지도 안 보이고, 바람 한 점 없는 망망대해에 떠 있는 배 위의 선장.
바람이 분다고 해도 그 방향대로 돛을 올리면 신대륙에 도착하긴 하는 건지.
인도인 줄 알고 배를 세웠는데 아메리카에 내린 콜럼버스가 되는 건 아닌지. 어쩌면 인도가 아니라 아메리카라서 더 좋을 수도 있겠지.
그래도 도착한 대륙이 어디쯤인지는 알고 내리는 탐험가이고 싶은데.
그저 목이 타고 배고프고 지친 선장일까 봐 두렵기만 하다.
인도도 아메리카도 아닌 무인도에서 탐험을 멈추는 악수를 둘 가능성보다 두렵진 않다.
잡히지 않는 마음이 괴혈병에 걸려 흘리는 피처럼 멎지 않는데. 레몬 같은 치료제가 없을까. 너무 간단해서 나중에는 비웃게 될지도 모르는 것.
어리석은 배 위의 선장은 아마 깨닫지 못하겠지.

2장

그래서 예술이 뭔데?

하고 싶은 말이 너무 많은 서솔에게

나는 말이 많은 편이야. 잔잔하게 계속 떠드는 스타일이랄까. 너를 처음 봤을 때부터 그렇게 질문을 많이 한 것도 내 이야기를 하려고 꺼낸 밑밥이었을 거야. 지금 정확하게 기억은 안 나지만. 내가 누구한테나 이렇게 수다스러워지는 건 아니거든. 나는 너만 보면 하고 싶은 말이 너무 많아져.

왜 그럴까 생각해 봤는데 너는 이야기를 정말 잘 들어줘. 경청의 아이콘이야. 인간관계에서 가장 중요하지만 어려운 게 경청이라잖아? 넌 내 이야기를 잘 듣고 있다는 느낌을 매 순간 주는 것 같아. 또 하나의 특징은 넌 평가나 조언을 함부로 하지 않는다는 거야. 정말 조심스럽게, 내가 원한다는 의사를 확실하게 표할 때만 의견을 꺼내놓는 편이야. 너랑 알게 된 지 얼마 안 됐을 때는 친하지 않아서 조심하나 보다, 했는데 지금은 그게 너의 성품이라는 걸 알게 됐어.

나는 친구와 대화할 때 새로운 의견이나 조언, 감정적 호응을 바랐기 때문에 너의 잔잔한 리액션이 한편으로는 답답하기도 했어. 지금은 내가 한참 떠들다가 잠시 말을 멈췄을 때 너도 나도 말하지 않는 그 편안한 침묵이 좋아. 그 조용한 시간에 내 생각이 정리되고 가라앉아서, 부유하던 사고 속에서 답을 찾기도 해. 여전히 답이 없는 이야기들을 가장 많이 하긴 하지만.

흔히들 예술에는 정답이 없다고 하잖아. 과연 그럴까? 정답을 정해두고 채점하려는 사람이 정말 많은 세상이잖아. 대단한 채점지를 만들어서 만족시킬 예술을 찾아 헤매며 감점하고 지적하는 부류들, 하이에나 같은 훈수꾼들을 예술뽕쟁이라고 부르려고. 잔인한 비평의 말과 글로 예술가들의 살점을 뜯어먹으면서 생명을 위협하기도 하니까. 예술뽕쟁이들은 필요악이야. 예술의 전통성과 역사를 지키는 데에는 중요한 역할을 했을 거야.

하지만 늘 새로운 도약은 파격에서 오잖아. 보수적인 기준에 부합하지 못하면 하류 혹은 아류로 취급하는 태도로는 르네상스를 열긴 힘들 거야. 예술뽕쟁이들의 가장 큰 미움을 받는 자가 새로운 시대를 여는 사람 아닐까. 당대의 조롱과 멸시를 참아낸 이단아. 타고난 반골 기질을 가진 나의 오랜 꿈일지 몰라.

직전 편지에 나를 예술병자라고 명명했잖아? 예술뽕과 예술병이 어떻게 다른지 생각해 봤어. 이 둘은 근본적으로 다르더라고. 예술병의 초기 증상은 뭐든지 예술 작품화하려는 습관, 예술가라고 정체화한 이들이 많이 겪는 현상일 거라 확신해. 나에게 들어오는 모든 자극을 예술적으로 승화하고 싶은 욕심과 그 끝없는 욕심을 채우지 못해 결국 좌절감과 패배감을 맛보는 현상, 이게 예술병이라고 말하고 싶어.

나는 투병 중이야, 아직. 이게 한창 심할 때는 모든 영감, 예술적 자극, 감상을 춤으로 표현하고 싶었어. 춤으로는 다 표현되지 않는다는 한계 앞에서 늘 고민하고 좌절했어.

오랜 시간이 지나고 나서야 장르마다 창조할 수 있는 범위와 차원이 다르다는 걸 알게 되기도 했어. 다시 말해서 춤으로 표현 가능한 영역이 있고 글로만 얻을 수 있는 예술적 경험이 있는 거지. 이걸 이해하지 못하고 나를 탓하며 수많은 밤을 보냈던 거 같아. 천재 예술가가 아니라는 자책이랄까.

“나는 죽지 않고 영원히 살 것이다. 천재들은 죽지 않는다.”

살바도르 달리가 한 말이래. 너랑 같이 보러 갔던 달리 전시회에서 기억나는 건 이 말 하나야. 저 확신과 오만이 달리를 진짜 천재로 만들진 않았을까? 달리도 예술병이 있었을 거야. 그는 자기 확신 혹은 자기 최면으로 예술병을 이겨낸 사람인 거야. 내가 달리전을 보고 나오는 길에 너한테 달리가 자기혐오가 심했을 거 같다고 했던 거 기억나? 같은 예술병자였을 것 같다는 예감이 들었어. 그랬으면 좋겠다고 생각했겠지. 나도 달리 같은 자기 확신으로 이 예술병을 완치하고 싶다는 바람에서 비롯된 거야. 달리 입장에서는 루머일 수도 있지만.

하고 싶은 말이 너무 많지만 이만해야겠다. 내 모든 공상을 여기다 쏟아내면 이제 네 답장을 못 받을지도 모르겠다는 불안감이 드네.

그래도 하나만 더 물어볼게. 너는 예술뽕, 예술병 둘 중에 가지고 있는 게 있어? 너라면 없을 수도 있을 것 같긴 해. 아무튼 안녕. 진짜 그만할게.

2022년 8월 어느 날

아직 하고 싶은 말이 너무 많은 휘수가

예술병에 걸린 휘수에게

저번 편지에서 예술뽕이 마치 남 일이라는 듯이 너에게 썼는데…. 나한테도 그런 부분이 있다는 뒤늦은 고백을 해볼까 해. 누구나 자기가 되고 싶은 이상향이 있잖아? 한때 나의 이상향은 예술이라면 무엇이든 먹어 치우는 '예술 척척박사'였어. 특히 영화 쪽으로 더 그랬지.

재미없는 1930년대 무성 영화도 감탄하며 보고 싶었고, 어떤 한 감독에 대해서 통달한 지독한 팬이 되고 싶었어. 내가 대학에서 만난 사람들은 저마다 멋진 영화 취향을 가진 것 같았고, 나아가 미술, 건축 등 다양한 분야에 미적 지식이 있는 것 같았거든. 나도 그런 사람이 되고 싶었어. 그래서 나도 열심히 나만의 영화를 찾아다녔지.

고난의 시작이었어. 재미없는 영화를 보는 건 정말 고난이었어. 스무살 때 본 어떤 영화는 2시간 동안 우물가에 가서 물을 마시는 장면만 반복해서 보여줬어. 심지어 흑백 영화였는데 그걸 보던 나는 그만 깊은 잠에 빠져버렸지…. 그러고 나서 얼마나 자괴감이 들던지. 전주국제영화제에서 봤던 영화인데 엔딩 크레딧이 올라가고 나서 영화관에서 졸았다는 자괴감이 들면서도 의문이 들더라. 모든 영화는 예술인가? 내가 보고 있는 게 예술이 맞나? 그럼, 예술이란 무엇인가? 물음표 폭탄이었어.

대학에서 영화를 전공했다는 것만으로도 많은 사람이 나의 인생 영화를 묻곤 해. 너도 나한테 똑같은 질문을 한 적이 있지. 그럴 때마다 나는 우물쭈물 '예전엔 있었는데요. 지금은 잘 모르겠습니다.'라고 답해. 이제는 인생 영화 같은 게 뭔지 잘 모르겠다는 진언이기도 하지만, 그 질문 안에 들어 있는 은근한 기대가 나를 부담스럽게 만들어. '영화를 공부했으니 저 사람에겐 대단한 영화 취향이 있을 것이다.' 하는 기대 말이야. 물론 다 같은 저의로 질문했던 건 아니겠지만, 어쩐지 그런 부담이 느껴져서 입을 꾹 다물게 돼.

왜 그렇게 그 질문을 피해 다니나 생각해 봤더니, 취향 만들기까지도 일종의 미션처럼 여겨지는 사회적 분위기 때문에 그런 것 같아. 시대가 변해서 덕후가 성공한다고, 독특한 취향이 있어야 사랑받는 사람이 될 수 있다고 얘기하는 사회. 취향에도 이유가 있어야 한다는 말에는 약간 거부감이 있어. 온 사회가 그렇지. 돈을 벌려면 이런 루틴으로 살아야 하고, 부자가 되려면 어떤 길을 걸어가야 하고…. 물론 나도 부자가 되고 싶으니까 그런 말을 들여다보지만, 금세 피로감을 느끼는 건 어쩔 수 없더라고.

다시 얘기하자면, 무릇 사람에겐 멋들어진 인생 영화, 인생 여행, 인생 A, B, C… 뭐가 됐든 최고로 치는 것 하나쯤은 있어야 한다는 게 요즘 사람들 사이에 통용되는 공식이 된 것 같은 느낌이야. 난 그런 게 잘 없거든.

반대로 생각해 보면 무언가를 깊게 좋아하고 어떤 분야에 푹 빠질 수 있다는 건 대단한 축복이라는 생각이 들어. 뭐든 미적지근하게 '이것도 별로… 저것도 별로…' 하는 사람보단 '이게 최고야!'라고 외치는 게 더 쿨하고 멋져 보이는 건 사실이니까. 내가 무엇을 좋아하는지 확실하게 말할 수 있다는 건 이미 자기 자신에 대해 잘 알고 있는 사람이라는 말인 것 같아. 그런 사람일수록 자신이 하고자 하는 바를 명확하게 파악하고 있을 테니 예술에도 더 진중하게 다가갈 수 있겠지.
예전에 네가 춤 영상을 많이 공유해 줬던 때가 생각나. 어떤 해외 댄서가 한국에 와서 수업했을 때 찾아가서 수업을 들었을 만큼 열렬히 좋아했다는 설명이 덧붙여졌던 게 생각이 나네. (분홍색 반삭 머리를 했던 허휘수가 영상 안에 있었지.) 그래서 생각해 본 거야. 나는 어떤 취향을 깊게 가지고 있나. 인생 영화에 대한 시니컬함을 최대로 늘리며 무엇이든 흥미 없어 하는 '노잼 인간'이 되는 것 아닌가?
그런 생각이 들 때마다 내가 하는 일들을 떠올려 봐. 분야가 무엇이든 십 년 넘게 창작해 오며 자란 내가 지금 하는 일들, 그리고 내가 가진 욕심들. 그걸 들여다보면 난 분명 내적으론 '노잼 인간'은 아니야. 적어도 내 인생을 재밌게 꾸려갈 수 있는 핵심 문구 정도는 가진 편이지. 계속해서 창작하는 사람, 예술을 향유하는 사람. 인생 영화는 없어도, 인생 문구는 가졌다고 얘기할 수 있겠네.
그래서 말인데, 우리의 창작 욕심은 어디까지 뻗어 나갈 수 있을까? 비현실적인 이야기를 시작한 김에 상상의 나래를 한번 펼쳐보자. 일단 이렇게 지면을 채워 나가고, 그다음은 어디일까. 우리가 예술이라는 '뻥'이 가득하고 모호한 단어를 가지고 어디까지 갈 수 있는지 궁금해져. 종착역을 모르는 기차에 올라탄 기분이야. 이 책이 어떻게 끝날지, 혹시 누군가에게 정말 예술의 씨앗이 될 수 있을지.

나는 최초의 영화인 뤼미에르 형제의 <열차의 도착>을 떠올려 봐. 지금 보면 아무것도 아닌 그 짧은 필름이 세계 영화사를 뒤바꿨듯이, 우리도 무언가를 해낼 수 있지 않을까. 뤼미에르 형제가 그 영화를 만들었을 때의 마음으로, 나는 이제 '열차의 출발'을 외쳐보려고 해. 종착역을 모르는 우리의 열차가 어디까지 갈 수 있을지 궁금하다.

2022년 8월

우리의 도착지가 기대되는 서솔이

심장이 뚫려도 해야지

(창극 <정년이> 마지막 공연을 보고 나온 두 사람. 휘수가 몇 번 울었다는 후기에 서솔은 화들짝 놀랐다.)

서솔 어디서 울었어?

휘수 그냥 계속 눈물이 좀 나더라.

서솔 왜 눈물이 난 것 같아?

휘수 정년이의 태도가…,

서솔 예술을 대하는 태도?

휘수 열정적인 태도가 너무 벅찼어.

서솔 그건 나도 그랬어. '국극이 없으면 난 아무것도 아니다.' 이런 말. 나에게 평생 이런 말을 해볼 날이 있으려나?

휘수 그것도 그렇고 TV에 얼쩡거리다가 다시 돌아와서 극단에서 설거지만 해도 좋다고, 국극 주변에만 있어도 괜찮다고 하는 것. 목이 안 나와서 그만뒀다가도 다시 거기로 돌아가서 결국 성공하는 것. 그런데 이렇게나 열정적이면서도 너무 귀여운 캐릭터야. 반전 매력이 대단해.

(두 사람 모두 웹툰 <정년이>를 본 적이 없다.)

서솔 정년이 캐릭터가 푼수인지 몰라서 놀랐는데 더 놀라운 건 작품이 이렇게까지 여성주의적이라는 것. 보면서 자꾸 그런 생각이 드는 거야. '이렇게까지 표현해도 이게 주류로 올라오네?', '이게 되네?' 이런 생각이 드는 작품을 살면서 처음 봤어. 물론 시대극이니까 뭉뚱그려진 부분들이 있겠지만. 흔히 얘기하는 여성 서사 작품 중에 이 정도로 흥행했던 작품이 있었나? 생각해 보게 돼.

휘수 또 생각나는 건, 시대극이지만 지금이라고 적용되지 않는 얘기도 아니니까.

서솔 시대를 뛰어넘어서 지극히 보편적인 얘기였지. 지금이라고 뭐 대단히 달라지지도 않았는데.

휘수 그런데도 국립 극장을 다 채웠다잖아. 매진이어서 다들 표를 못 구했대.

서솔 초대권 주신 휘수 제자분 감사합니다.

(이후 두 사람은 무대 연출과 배우들의 연기에 대해 한참을 떠들었다.)

서솔 그 생각도 했어. 판소리를 하는 사람이 이렇게나 많았구나.

휘수 맞아. 처음에는 캐스팅을 어떻게 했을까 싶었어. 판소리하는 사람이 적은데 그 안에서 연기도 잘해야 하고, 움직임도 잘해야 하고, 여러모로 매력도 있어야 하니까 얼마나 힘들었을까. 그런 생각을 했어.

서솔 처음 판소리를 떠올렸을 때는 무대에 고수 한 명 앉아 있고 둥둥 탁! 얼쑤! 하면서 창을 하는 무형문화재 장면밖에 상상이 안 갔거든. 판소리 뮤지컬, 창극이라는 걸 나는 본 적이 없으니까 딱 거기까지였어. 오늘 본 장면은 정말 신세계야. 이 정도로 충격적인 예술이 또 있을까 싶을 정도야.

휘수 국립창극단이 만든 공연이 2023년도에 이렇게까지 호응을 받을 줄 누가 알았겠어.

서솔 그런 데가 있었어? (국립창극단을 검색한 뒤) 여기는 원래부터 이런 걸 계속 만들던 데네. 우리가 몰랐을 뿐이지. 이 세계를 지금까지 모르고 살았다니.

휘수 나 이제 '천둥휘수' 말고 '창극휘수'할래.

서솔 오! 단원 페이지에서 정년이 역할 하신 분 찾았다. '전라남도 무형문화재 동편제 춘향가 이수자.' 약력에 '사사'는 무슨 말이야? 이 무형문화재인 분한테 배웠다는 소리인가?

휘수 그런가 봐. 그런 데는 문하생을 잘 안 뽑잖아. 대단한 것 같아.

서솔 영서 역 배우 분은 그럼 세 분한테 인정을 받은 거네. 어떻게 하다가 판소리를 하게 됐을까? 신기해. 어떤 어린이가 판소리의 길을 걷는 거지? 이런 걸 보면 나는 이런 예술가들의 어린 시절이 너무 궁금해. 그 많은 갈래 중에 어떻게 하다가 창극이라는 길을 걷게 됐느냐는 거지. 내가 자랄 때 판소리는 왜 '할 수 있는 영역'의 끝자락에도 못 들었을까? 판소리로 이렇게 돈을 벌 수 있다고 아무도 알려준 적이 없는데.

휘수 결국 예술을 하면 돈을 못 번다고 생각하는데, 거기서도 성공할 수 있는 확률이 더 낮아 보여서 어른들이 숨긴 걸까?

서솔 너무 모른 채로 유년 시절을 지나버렸어. 나는 이런 세상이 있는 줄 몰랐던 거야. 이 나이가 돼서야 이 세계를 알아버린 건 내가 게을러서인가? 이렇게까지 생각이 확장돼.

휘수 창극의 길을 걷게 된 것도 결국 개인에게 일어난 연속적인 우연의 결과일 거야. 예전에도 말했지만, 나는 대학 가자마자 뮤지컬 동아리 하려고 했어. 내가 만약 뮤지컬 동아리에 들어갔다? 그럼 댄서 휘슬은 없어.

서솔 맞는 말이네. 나도 이런 삶을 살게 된 게 중학생 때 우연히 들어간 사진반 때문이라고 생각하니까.

휘수 모르겠어. 무책임한 설명일 수도 있는데, 정말 우연의 연속일 수 있다고 봐. 어렸을 때 본인이 뭘 할 수 있는지, 뭘 하고 싶은지 알기 전에 마음이 끌리는 것도 있잖아. 그냥 막 끌리는 거야.

서솔 맞아. '왜 좋은데?' 했을 때 '그냥 좋은데?'라고 대답하는 때도 있으니까.

휘수 난 역시 노래보다는 춤이 좋았어. 아까 본 춤에서 '한'이 느껴지지 않았어?

서솔 맞아. 예전에 학교 다닐 때 문학책에서 허구한 날 '한의 정서' 얘기할 때 진짜 지겹다고 생각했거든? 교과서로 배운 그 '한'이 느껴지는 거야, 오늘!

휘수 나도 느꼈어. 아! 이게 한이구나. 한글로 '한'이 아니라 한자로 '한'. 슬프고 애처롭다는 말로도 부족한 듯한 느낌.

서솔 우리가 한의 정서까지 얘기하는 걸 보니까, 역시 현장 예술의 여운이 긴 것 같아. 넷플릭스에 있는 영화나 구글에서 볼 수 있는 사진전 이런 거 말고 이렇게 한 번 보고 내 기억 속에만 저장되는 것. 이렇게 두 번 다시 볼 기회가 없다는 느낌이 계속 나를 들뜨게 하는 느낌. 계속 기억하고 싶나 봐. 기억이 없어지면 한이 될 것 같아서 그런가?

휘수 나는 이런 공연을 보고 나면 내가 이렇게 (흥분하게) 된다는 걸 알거든? 그래서 나는 기본적으로 현장 예술을 보고 오면 너무 들떠서 힘들 때도 있어. 너무 벅찬데, 그 벅차오르는 마음을 부여잡고 봐야 하니까.

서솔 나도 좀 그런 게 있어. 오늘도 무대가 시작하자마자 약간 울컥하던데?

휘수 합창하는 배우들의 호흡이 느껴지잖아. 숨을 내쉬는 게 보이고. 그렇게 서로 호흡을 맞추는 게 보이는데 그 호흡이 관객한테 들린다는 게 중요한 것 같아. 사람이 하는 예술이니까. 그 안에서 숨을 쉬고 있다는 건 그들이 살아 있다는 거고. <정년이>에서는 전통 악기를 연주하시는 분들도 현장에서 배우들의 호흡과 안무를 보고 맞춰서 소리를 내시잖아. 그 호흡을 맞추는 것에 빠져들다 보면 나도 무대에서 같이 숨 쉬고 있는 느낌이야.

서솔 정해진 수의 사람만 극장 안으로 들어갈 수 있다는 게 너무 아까워. 우리를 이렇게 흥분하게 만든 공연인데. 난 늘 그렇게 생각해. 저번에 같이 네 친구 공연 봤을 때 있잖아. 난 보는 내내 그 생각을 제일 많이 했어. '이렇게 잘하는데 오늘 지나면 이걸 볼 데가 없다고?'

휘수 극찬이다, 진짜. 이보다 좋은 칭찬은 없네. 더 많은 사람이 봤어야 한다는 거잖아.

서솔 어쨌든 간에 우리는 지금 유튜브 콘텐츠를 만들잖아. 영상을 올리면 적어도 만 명은 보는데, 그 갭이 묘하게 느껴져. 솔직히 유튜브 영상 중에 이런 공연에 비견할 노력과 공을 들여서 사람들에게 감동을 주는 영상이 많지도 않은데, 싶은 거야. 정작 이렇게 몇 달 동안 고생해서 몇십 명의 인력이 투입되는 공연을 정해진 그 시간에 몇백 명만 볼 수 있다는 게 너무 억울해. 너무 아까워.

휘수 (골똘히 듣다가) 현장 예술의 묘미야. 그것까지가 그 예술이 가진 묘미인 거지.

서솔 그렇지. 또 그런 가치가 있는 거지, 맞아.

휘수 몇천 명이 들어가는 대극장이라도 (정해진 인원만 볼 수 있다는) 그 사실은 달라지지 않으니까. 그래서 너무 매력적인 거야.

서솔 영화를 생각해 보면, 촬영이 끝나고 한참 뒤에 영화제에서 영화가 상영될 때 하는 무대 인사랑 이런 공연이 끝나고 배우들과 제작자들이 나와서 인사를 할 때의 무게감이 달라 보여. 무게감이라는 단어가 정확한지 모르겠는데, 뭔가 달라.
영화는 촬영하고 편집하고 배급하면 1년은 우습게 지나버리니까 시사회에 오는 배우들은 감정을 계속 되짚어 보고, 생각할 수 있잖아. 그사이에 어쨌든 촬영할 때의 기억은 휘발돼 버리니까. 까먹을 수밖에 없잖아.

휘수 현장 예술은 당연히 시간 제약과 휘발성을 가지지. 근데 영화와 무대의 극을 비교했을 때 무게감이 다르다고 생각하지 않아. 무대는 공연 끝나면 끝이거든. 영화는 촬영 끝, 편집 시작이잖아.
그나저나 저 배우들 얼마나 기분 좋을까? 만석으로 시작해서 만석으로 끝났으니까.

서솔 난 너무 서운할 것 같아. 몇 달 동안 그 캐릭터로 살았는데, 그 인생이 끝난다는 게. 오늘 <정년이> 자명고 공연이 끝난 다음, 조연 배우 네 명이 나와서 인사를 하는데 한 분이 인사를 되게 길게 하더라고. 고개를 못 들어. 그런 부분에서 무게감이라는 단어가 떠오르는 거야. 그 찰나에 그 배우가 느꼈을 무게감이 느껴졌어. 고개를 들지 못하면서 인사를 하는 모습에서.

넷플릭스에는 1980년도에 찍은 영화도 있는데, 내가 연기한 캐릭터의 인생이 오늘까지라는 건 어떤 기분일까?

휘수 서솔은 영화를 계속 공부했으니까 더 그렇게 느끼나 봐. 내가 지금 이걸 바라보면서 얻는 감정이랑 되게 달라 보여. 왜냐하면 나는 공연이 끝나면 모든 게 사라지는 게 익숙하거든.

서솔 난 지금이 너무 낯설어. 우리는 몇 년째 유튜브 콘텐츠를 만들고 있으니까, 더 이상 영화를 공부하지는 않더라도 내가 만든 게 어딘가에 데이터로 남아 있는 세상에서 살잖아. 내가 만든 게 오늘이 지나고 나면 실체 없이 사라져 버린다는 게 너무 이상해. 카메라가 없는 세상 같아. 물론 공연 전체를 촬영한 영상은 있겠지. 그런데 작품 그 자체는 아니잖아. 기록물인 거지.

휘수 카메라가 없는 세상이라는 말을 곱씹게 되네.

서솔 공연장 안에 있을 때는 마치 내가 다른 세상에 있는 것 같았어. 그래서 그동안 연극이나 뮤지컬을 잘 안 봤나? 보고 나면 허무해서. 하지만 이런 와중에 판소리를 진짜 배워보고 싶다. 판소리 원데이 클래스 없나?

휘수 배우러 가볼까? 있을 것 같은데.

서솔 휘수 극찬받으면 대박. 휘수는 이미 춤꾼이니까 창극 배우에도 도전할 수 있겠다. 만약에 누가 '창극 할래?' 하면 할 수 있겠어? 해보자고 하면?

휘수 할 수 있다면 목숨 걸고 해야지.

서솔 심장이 뚫려도?

휘수 응. 심장이 뚫려도. 할 거면 제대로 해야지.

서솔의 이브닝 노트

- 빛나던 눈동자

친구의 첫 전셋집에 내가 만든 작품을 액자로 만들어 선물했던 적이 있다. 지금 생각해 보면 그리 대단한 작품도 아니었지만, 친구는 선물에 대한 보답으로 나중에 나의 작품을 거액에 사겠다는 말을 했다.
스물세 살에도 그런 친구가 있었다. 지금은 어떤 삶을 살고 있는지 모르겠지만, 내가 만드는 영화에 500만 원은 기꺼이 투자하는 사람이 되겠다고 했다. 돈에 이름을 붙일 수 있다면, 스물세 살 그 500만 원의 이름은 '울컥함'이다. 한 번의 휴학 없이 그대로 대학을 졸업해 사회로 나갈 때의 친구는 두려움에 눈물을 보이면서도 나의 앞길에 응원을 보냈다. '스스로 성공해서 네가 만드는 영화에 꼭 투자하는 사람이 되겠다'라는 말로.
그들의 응원과 격려를 너무 오랜 시간 잊고 있었다. 안티-소셜한 사람으로 자라며 내면의 고립을 받아들인 지 오래되었다고 생각했던 찰나, 그들의 언어가 생각난 건 우연은 아닐 테다. 세월이 지나 빛바랜 기억들일지라도 어제의 일인 듯, 빛나던 그들의 눈동자가 여전히 떠오른다. 흘러가는 시간 속에서 돈의 가치는 계속 변하지만, 그들이 건네준 형체 없는 돈은 그때 그 자리에 있다.

휘수의 모닝 페이지

- 정년이에게

정년아, 안녕. 나는 서른한 살 허휘수라고 해. 그리고 난 너의 팬이야. 초면에 말 놔서 미안해. 내가 나이가 많다고 해서 말을 놓는 건 아니야. 너를 언니라고 부르고 싶은 걸 겨우 참고 있거든. 원래 팬이랑 배우는 반말하고 그래, 21세기에는. 그러고 보니 너는 세월을 초월한 팬을 가진 멋진 배우네. 회신이 불가능하다는 걸 알면서도 팬레터를 써보는 게 처음이라 어색하다.

너를 보면서 많은 힘을 얻었어. 어려움이 있어도 다시 국극을 하기 위해 돌아가고, 민망하거나 뻘쭘한 상황에서도 환하게 웃는 너를 보면 한편으로 경이롭기도 했어. 용기라는 단어를 떠올리게 하는 사람이야.

나도 너처럼 무대에 서는 사람이야. 노래는 안 하지만 춤을 춰. 몇 년 전에 세계적으로 역병이 돌면서 무대에 많이 설 수 없었는데 그때부터 왠지 무대라는 공간이 낯설어진 것 같아. 무대란 뭘까, 생각하기도 하고. 내가 무대에 서고 싶은 게 맞는가, 하는 괜한 회의감이 들기도 했어. 그런 생각이 들어도 힘을 내서 내 무대를 만들어서 공연했는데 그 이후로도 내가 직접 기회를 만들지 않으면 설 무대가 없다는 사실에 지치기도 했어.

날 알아주는 사람이 왜 없을까. 나는 왜 모든 걸 직접 만들어야만 할까. 내가 공연을 기획하고 만들면서 얻는 기쁨도 컸지만, 가끔 '이게 다 무슨 소용인가.' 하면서 울적해지는 순간들이 있는 거지.

너를 보면서 이런 생각을 그만하게 되었는가 하면 그렇진 않아. 국극을 향한 너의 열정에 함께 가슴이 벅찼지만 말이야. 내가 지금 무언가 잃어버린 것 같은데 뭔지는 모르겠거든. 너를 보고 있으면 잃어버린 게 뭔지 찾을 수 있을지도 모르겠다는 희망이 보였어. 그래서 눈물이 났어. 언젠가 친구에게 이런 말을 들은 적이 있어.

"네가 너의 일을 해나가는 모습을 보여주는 것만으로 내 일상에 힘이 돼. 난 나를 위해 너를 응원해. 그러니 부담 느끼지 마."

이 따뜻한 말을 너를 보면서 이제야 완전히 이해하게 됐다. 계속 국극을 해줘. 때로는 치열하게 때로는 행복하게 때로는 슬프게 노래하고 춤추고 연기해 줘. 나를 위해 너를 응원해. 하지만 나는 이미 인간 윤정년에게 빠졌는지도 몰라. 어떤 모습이든 너를 위한 선택을 하길. 너의 선택에 진심 어린 애정을 담아 박수를 보내는 팬으로 남을게. 목 관리 잘하자.

춤추는 휘수가

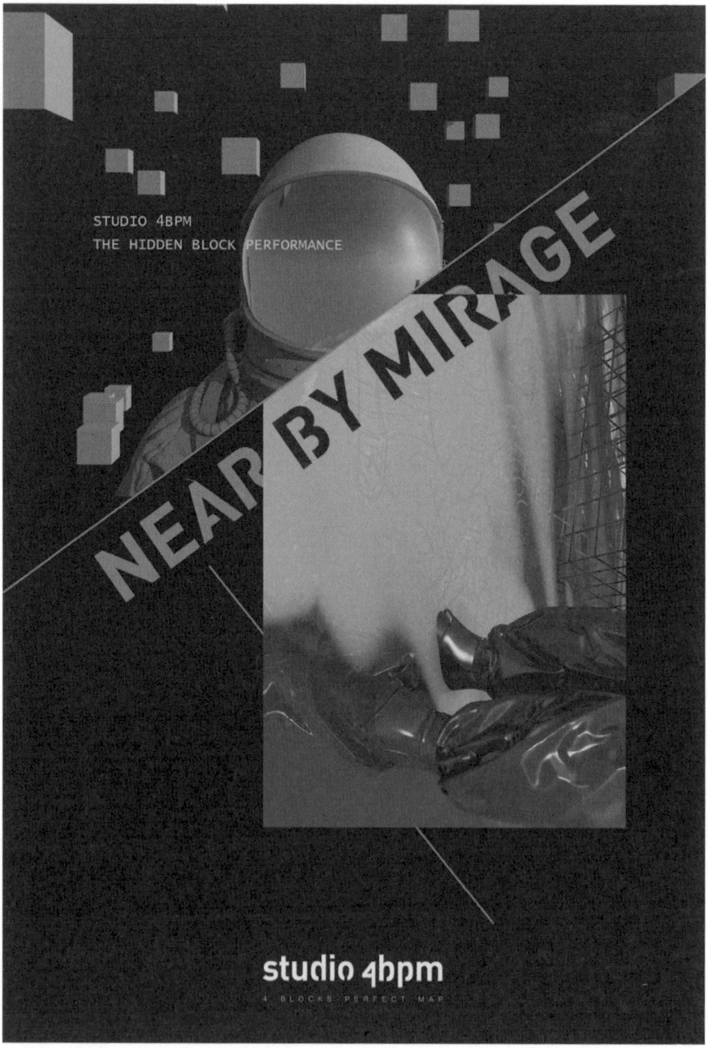
STUDIO 4BPM
THE HIDDEN BLOCK PERFORMANCE
NEAR BY MIRAGE
studio 4bpm
4 BLOCKS PERFECT MAP

험난한 코로나 시대를 딛고 유튜브 밖으로 빠져나와 관객을 만난 귀중한 경험

공연 회의 중에

이것은 예술이 아니다

서술 현대 미술은 새로움에 대한 강박이라서 '미의 추구'라기보다는 '새로움을 추구하는 것'이래. 어제 읽은 문장인데, 어떻게 생각해?

휘수 맞는 것 같은데? 미술의 한자가 뭐지?

서술 '아름다울 미'네? 그럼 예술 한자는 뭐지? 갑자기 궁금해.

(둘은 어학 사전에서 한자 풀이를 검색해 본다.)

서술 예술의 '예'는 기예 할 때 그 '예'네. 재주를 말하는 거네. 그럼, 우리가 지금 현대 미술이라고 부르는 것들을 현대 예술이라고 해야 더 맞는 거 아닌가? 아름다운 것보다 재주를 얼마나 잘 부리는지가 더 중요한 것 같아.

휘수 현대 미술이 현대 예술로 가면 기술이 인간을 대체하는 영역이 더 많아질지도 몰라. 분명 AI가 해낼 수 없던 영역이라고 했는데, 이제 AI가 그림을 그려버리잖아. 나중엔 뭘 못 하겠어? 그러니까 우겨야 할 것 같아, 예술이 아니라 미술이라고. 지금 현대 미술관에 걸려 있는 작품들은 '미술'이어야만 해.

서솔 아름다운 걸 더 큰 개념으로 생각해서, '미적 영역'을 '재주'로 대신하면 안 된다는 거지?

휘수 맞아. 지금 우리가 한자 풀이에 너무 매몰돼서 얘기하는 걸 수도 있겠지만, 창작 활동을 재주를 잘 부리는 것으로 국한하면 인간보다 뛰어난 AI와 로봇도 앞으로 더 많아질 것 같아.

서솔 생각해 보면 영어로는 미술도 예술도 똑같이 그냥 Art잖아?

휘수 맞네. 순수 예술, 미술 모두 Fine art네.

서솔 검색해 보니까 '미술'과 '예술'의 정의에 대해서 질문하는 사람들이 인터넷에도 꽤 있다. 어떤 교수는 예술의 범주에 대해서 10주 동안이나 토론시키고 있대. 이 두 단어가 어쩌다가 혼용되고 있는 걸까? 누구는 예술이 미술에 포함된다고 하고, 누구는 미술이 예술에 포함된대. 사전적 정의 자체도 모호하게 느껴져.

휘수 더욱이 한글로 표현할 때는 '현대 예술'이 아니라 '현대 미술'이라고 해야 할 것 같아. 그럼, 지금부터 우리가 하는 것도 '미술'이라고 우겨야 하는 게 아닐까? 어떻게 생각해?

서솔 국내에서는 우리가 하는 걸 '미술'이라고 부르는 게 어렵지 않을까? 현대 미술관에 전시되는 영상도 '비디오 아트' 혹은 '미디어 아트'라는 이름으로 불리니까 "현대 미술을 하는 허휘수입니다."라고 하면 사람들은 자동으로 유화 물감을 떠올릴 것 같달까? 더욱이 휘수가 추는 춤은 시간성이 있어서 한 장의 그림으로 압축할 수 없잖아. 계속 움직이는 프레임을 찍어서 나열할 수는 있겠지만, 그것보다 영상일 때가 더 완전하니까. 잘 몰라서 그런가? 얘기하다 보니 한국어 단어만으로는 온전하게 미술과 예술의 범주를 설명하지 못한다는 느낌이 들어.

휘수 단어 때문에 우리가 혼란스러워진 것 같아. 이렇게 AI가 판치는 세상에서 어떤 재주를 가져야 예술가일 수 있는 걸까? 내 재주를 AI가 금방 학습할 테고, AI는 얼마 안 가서 더 빠르고 안정적으로 재주를 부릴 텐데.

서솔 그럼 그 기술을 경쟁자 삼아서 인간은 또 발전하지 않을까? 결과적으로 AI가 '에드워드 호퍼 스타일로 신촌역을 그려줘.'라는 말을 구현해 낼 수 있는 건, 지금까지 인간의 그림을 학습했기 때문이니까. 수많은 예술가가 더 발전적인 무언가를 만든다는 전제 조건이 참이어야 AI도 발전할 수 있는 거 아닐까?

휘수 AI가 학습한 능력은 결국 인간에게서 나왔다고 얘기하고 싶은 거야?

서솔 맞아. 의도적으로 인간이 AI가 학습하지 못한 미술 사조를 만든다면? 상상해 보는 거야. 나중에는 작품에 이런 딱지가 붙는 거지. 'AI FREE' 혹은 'ZERO AI'. 의도적으로 미술 사조를 생성하고 AI는 학습할 수 없게 만든 작품들이 나오는 거야. 그럼 기술이 인간을 따라올 수 없을 것 같아.

휘수 그럼 나중에는 이미 지나간 사조의 작품을 AI로 구현하는 것 자체가 낡은 것이 될 수도 있겠네.

서솔 이미 캔버스가 텅 비어 있거나 예술가 본인이 직접 무언가 행동함으로써 완성되는 현장 예술의 형식이나, 관객이 무언가를 만지거나 그려야 하는 관객 참여형 예술 작품이 있잖아. 그런 관점에서 우리도 늘 다른 형태를 추구하니까, 제일 처음 얘기했던 문장이 맞긴 하다.

휘수 아름다움이 아닌 새로움을 추구하는 게 현대 미술…. 그런데 예술은 궁극적으로 사람을 위한 거잖아. 그 새로움이 어디를 향하는지가 중요한 거 아니야? "예술가들은 세상을 예민하게 더 많이 느끼는 사람이다. 그래서 느끼고 생각한 걸 작품으로 만들 의무가 있다." 내가 인터뷰했던 타이포그래피 디자이너가 한 말이야. 예술은 세상을 위해야 하는 것 같기도 해.

서솔 공익적 의도 없이도 좋은 작품은 많잖아?

휘수 맞아, 꼭 작품에 메시지가 있어야 한다는 의미는 아니야.

서솔 그런데 너나 나나 넝는 걸 좋아하잖아.

휘수 그렇지. 어쩌면 예술은 커뮤니케이션 능력 아닐까? 혹자는 이런 질문을 하기도 하잖아. '나만 보는 게 예술인가?' 본인과의 커뮤니케이션을 위해서 창작한 거라도 난 예술이라고 봐야 한다 생각해. 하지만 자기 혼자서 얘기하는 건 거시적인 관점, 사회적인 관점, 역사적인 관점 등 어떻게 보든간에 완벽한 커뮤니케이션이라 보기 힘드니까 혼자 보는 예술은 완전할 수는 없다.

서솔 어쨌든 예술이라는 거네, 완전하진 않아도.

휘수 예술가가 가져야 하는 첫 번째 능력은 소통 능력인 것 같아. AI가 판치는 세상에서 예의 기술력은 점점 힘을 잃어가잖아. 실제 춤은 아니더라도 안무를 만들고 3D 영상으로 구현하는 건 조금만 더 있으면 AI가 하겠다 싶어. 음악에 맞춘 수많은 움직임을 학습하면 AI가 나보다 대단한 안무를 만들지도 모른다고 생각해. 최근에 글, 그림 작가들이 AI의 사용을 규제하라고 난리잖아. 속도전으로 가면 기계를 사람이 어떻게 이기냐.

서솔 맞아. 개인이 가진 능력도 중요하지만 예술가가 가지고 있는 이야기, 그 사람의 맥락이나 개인의 역사가 더 중요해질 거야. 인간의 맥락과 역사. 이게 인간이 하는 예술과 그 외의 것을 구분하는 중요한 기준이 아닐까?

휘수 진짜 인간적인 예술, 인간이 하는 예술. 예술가의 가치를 결정하는 건 앞으로는 의사소통할 줄 아는 능력과 삶에서 개인의 맥락을 가지는 데에 있을 거야.

서솔 나라는 사람이 세상 그리고 타인과 어떻게 예술로서 대화할 것인가.

휘수 맞아, 정확해. 그게 핵심이야.

서솔 그러면 다시 첫 문장으로 돌아가 보자면 '현대 미술은 새로움의 추구'라는 말을 어떻게 생각해?

휘수 현대 미술은 새로움을 추구하는 게 맞는다고 생각해. 다만 그 새로움의 방향성이 중요할 것이라는 이야기를 한 거지.

서술의 이브닝 노트

- We do the rest

어느 동네를 가든지 '인생네컷' 가게가 즐비하다. 서로 만남을 추억하는 인증 사진의 기능을 넘어 이제는 유명인들의 사진 프레임과 함께 덕질을 하는 장소가 되기도 하고 증명사진을 찍으러 혼자 방문하는 사람들도 등장한 지 오래다.
솔직히, 한 번 유행하면 우후죽순 생겨났다 사라지는 한국의 문화를 그대로 따라갈 줄 알았다. 인형 뽑기, 대만 카스텔라, 치즈 등갈비처럼 말이다. 그런데 '인생네컷'만큼은 그 전철을 그대로 밟지 않을 것 같다는 생각이 든다.
'You press the button, We do the rest.' (버튼만 누르세요. 나머지는 알아서 할게요.) 코닥의 슬로건이 다시 돌아온 것만 같다. 'You insert the coin, We do the rest.' (푼돈만 내세요. 나머지는 알아서 할게요.) 4천 원만 내면 사진이 찍히고, 알아서 인화된다. 인화된 사진은 플라스틱 비닐에 싸여 각자의 손에 돌아간다. 그리고 이건, 기억이 된다. 스마트폰에 달린 카메라로 수천 장의 사진을 찍어도 인화는 하지 않는 현대인의 심장을 정확히 가격한 기계다.
프랑스 시인 보들레르는 "사진은 예술이 아니다."라고 말했다. 그러나 사진은 인상주의 화가들의 작품을 탄생시켰다. 현실을 그대로 재현하는 사진을 경쟁자로 여겼기 때문이다.

그렇다면 인생네컷 기계는 모든 이의 손에 들려 있는 스마트폰 카메라 덕분에 성공한 기계라고 볼 수 있지 않을까.

휘수의 모닝 페이지

- 싸워서 이겨야 할까요?

작품을 만들고 좋은 평가를 얻고 싶지만, 누군가를 이기고 싶진 않아요. 이기고 지는 문제가 개입될 때마다 늘 소극적이었어요. 흔한 게임도 싫어해요. 이왕이면 이기고 싶은데, 또 이기려면 해야 할 것들을 마주할 때마다 회의적으로 변하더라고요. 무한 경쟁 사회라는 말을 이해하지 못한 건 아니에요. 알 만큼 압니다. 저도 입시를 했고 대학에 갔으니까요. 다만 대학에 입학한 후로는 경쟁에서 의도적으로 멀어지려 했습니다. 저는 취업을 준비해 본 적도 없죠. 대학원에 진학했고 그 이후로는 여러 방면으로 돈을 벌면서 살았어요.

경쟁을 싫어하는 저를 많이 다그치던 때도 있었어요. 무서워서 피하는 낙오자라고 제 마음에 악성 댓글을 달았습니다. 제가 스스로에게 단 악성 댓글은 계속 지워지지 않고 지속적으로 저를 아프게 했습니다. 마음 약한 소리를 하는 사회 부적응자라고 대댓글도 달았죠. 이제는 그 악성 댓글들을 모조리 삭제했습니다. 그런 몇 가지 단어만으로 저를 설명하기엔 그 댓글 창이 너무 좁아 보이더군요.
무형의 적에게 섀도 복싱하면 등만 뻐근하더라고요. 저는 그마저도 별로 안 했지만. 이기기 싫어요. 하지만 지는 것도 싫죠. 결국 이기고 지는 판에서 내려오기로 했습니다. 막강한 적보다 무서운 건 싸울 의지가 없는 참가자더군요. 쉴 새 없이 다그쳐도 싸움에서 무기력한 저는 그만 무기를 내려놓겠습니다. 싸우지도 이기지도 않으려고요. 물론 지지도 않고요. 그저 작품을 만들고 싶습니다.

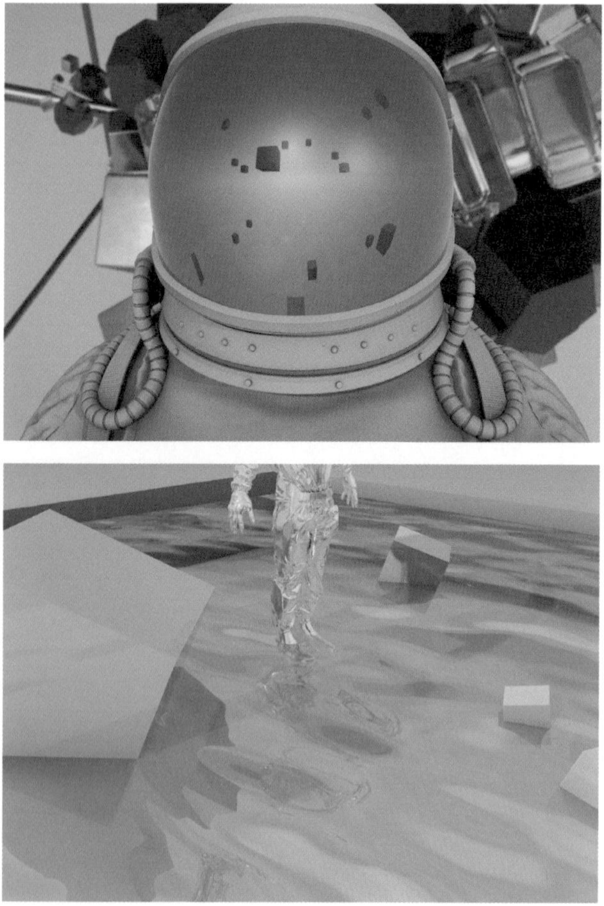

꿈의 환영

오르막길

평면으로서의 춤

내가 찾던 앵그르

서솔 내가 찾던 그림이 이거였어!

(서솔은 휘수에게 앵그르의 <목욕하는 여인> 그림을 보여줬다.)

서솔 아주 어렸을 때 자주 갔던 목욕탕에 이 그림이 크게 걸려 있었거든. 평생 잊고 살다가, 신고전주의 대표 화가 앵그르는 목욕하는 여자에 관심이 많았다는 내용을 책에서 보고 불현듯 그때 목욕탕에 있던 습한 액자가 갑자기 생각이 난 거야. 목욕탕의 그 그림에는 늘 물방울이 맺혀 있었어.

휘수 그린 사람은 남자지?

서술 당연히 남자지. 지금 그때의 광경을 떠올려 보니까, 나를 포함해 그 목욕탕에서 몸을 씻던 여자들 모두가 앵그르의 그림 한 폭이었을 수 있다는 생각이 들어. 물론 상황이 다르지만, <터키탕> 작품이 떠오르기도 하고. <터키탕> 테두리가 원형인 이유가 관음적인 앵글로 보이기 위해 나중에 바꾼 거라는 얘기도 있더라. 훔쳐보는 관점으로 해석하라고.

휘수 아… 훔쳐본 적이 없는데 어떻게?

서술 그러게? 아무튼 그 목욕탕 주인이 그렇게까지 깊이 있는 생각을 하면서 걸어 놓은 건 아니었겠지만.

휘수 의도를 모르고 걸어두셨겠지.

서술 내 기억 속 내가 본 최초의 '명화'가 목욕하는 여자를 훔쳐보는 그림이었다니. 생각해 보면 누가 누구를 훔쳐보는 설정의 영화 장면도 꽤 많았던 것 같아. 전공 필수 영화 중에 히치콕 감독의 <이창>이라고, 망원경으로 남의 집을 훔쳐보는 그런 영화가 있었어.

휘수 아, 알아. 본 적 있어. 영화에는 그런 장치가 많잖아. 스릴러 영화에는 꼭 여자가 샤워하는 걸 훔쳐보는 장면이 나오고. 훔쳐보는 앵글이든 실제로 범인이 지켜보는 시점이든, 영화 <싸이코>에도 유명한 장면이 있고.

서술 맞아. 촬영하는 관점에서 중요한 기술이지, 어쩔 수 없이.

휘수 관음…, 관음의 욕구가 다들 있나? 관음이란 게 꼭 섹슈얼한 걸까? 최근에는 예능 <나 혼자 산다>나 유튜브 먹방도 관음이라는 생각이 들 때가 있긴 했어.

서술 <나 혼자 산다>는 이해가 되는데, 먹방은 왜 그렇게 생각했어?

휘수 누군가 먹는 장면을 내가 지켜보는 구도잖아. 그걸 왜 지켜보고 있어?

서솔 관음의 정확한 뜻이 뭐야? 사전적인 정의가 몰래 보는 건가?

(사전에서 '관음'을 검색해 본다.)

휘수 '관'은 본다는 뜻의 관이고, '음'은 음란하다, 탐한다의 음이네.

서솔 오… 어떤 의미에서 먹방도 관음하는 게 맞네.

휘수 좁은 의미로는 성적인 것을 엿보고 훔쳐보는 것이고 넓은 의미에서는 먹방, <나 혼자 산다> 같은 관찰 예능도 관음의 욕구를 충족시키는 콘텐츠라고 해도 아주 틀린 말은 아닌 것 같아.

서솔 그러면 <나 혼자 산다>는 2023년 앵그르인가? 그런데 말하다 보니 궁금해. 최초로 본 명화는 뭐야? 기억하는 범위에서 가장 처음 본 것.

휘수 뭉크의 <절규>가 아닐까? 교과서에서 봤던 기억이 나.

(잠시 후 두 사람은 뭉크의 <절규>를 다시 보려고 인터넷에 검색한 뒤 혼란에 빠진다.)

휘수 뭐가 원작이야?

서솔 이거 같은데?

휘수 이게? 아닌데?

(뭉크 절규, 뭉크 절규 원본이라고 검색해도 뭐가 진짜인지 모를 만큼 온갖 이미지가 쏟아진다.)

서솔 와, 이거 진짜 재밌다. '절규 원본'을 검색했는데 모든 이미지가 다 달라.

휘수 너무 패러디가 많아서 뭐가 원본인지 모르겠다. 우리도 하나 그려서 올리자.

서솔 그럴까? 되게 묘하다. 검색 결과 화면이 앤디 워홀 작품이라고 해도 믿겠어.

휘수 <절규>에서 이 사람은 절규하고 있는 게 아니라

색채들이 비명을 질러서 귀를 막고 있는 거라고 하더라. 왜 그런 생각을 했을까?

서솔 여기 왜 그랬는지가 일부 쓰여 있네. '어릴 적 어머니와 누이의 죽음 그리고 연속된 사랑의 실패를 겪어 인간의 삶과 죽음에….'

휘수 '사랑의 실패를 겪어…' 이 문장 있잖아. 위대한 예술가가 되지 않았다면 그냥 실연당한 1인이잖아. 예술 행위는 인류 역사 속에서 먼지 같은 상처를 안고 사는 인간의 찌질함을 그럴싸하게 포장해주기도 하는 것 같아. 시대 정신과 인간의 정서를 잘 드러낸 작품이라고 하면서. 역사적 명작의 의미를 나의 기준으로 재정립할 필요가 있을 거 같아. 유명한 것과 내가 좋아하는 작품은 다르니까.

서솔 맞아. 대학생 때 에곤 실레 그림을 보면 기분이 별로 안 좋았거든? 내 안에서 크게 울림이 있던 것도 아닌데, 명화라고 하니까 억지로 좋아하려고 했던 것 같아. 그런 작품이 영화에만 있던 게 아니라 미술에도 있었네.

휘수 난 <진주 귀걸이를 한 소녀>도 불쌍해 보일 때가 있었거든. '그림 속 저 사람은 왜 이렇게 슬플까?' 그림에 얽힌 사연을 전혀 모르는데, 그냥 너무 불쌍해 보이는 거야. 저렇게 무해한 표정을 짓고 뒤를 돌아봤어야만 하는 이유가 있었을 것 같은 거지. 오, 잠시만. 그래서 명작인가? 꼭 긍정적인 감정이 들어야 좋은 작품인 건 아니잖아.

서솔 보통 이렇게 다양한 측면의 감정을 불러일으키는 명작은 '기존 문법을 파괴한'과 같은 말로 소개되잖아. '기존 문법 파괴'에 심하게 의미 부여하는 사람을 많이 봤어. 20대 초반엔 주변에서 다들 에곤 실레를 마음속에 품고 살았던 것 같아.
자신의 예술 세계가 퇴폐적이고 매혹적이었으면 하는 욕망이랄까. 어릴 때는 그것만큼 자극적인 것도 없고.

휘수 기존의 문법을 파괴했다는 평가를 받는 작품은 언어적으로 표현하자면 '좋은 말'이었다는 걸 전제하는 거잖아. 20대 초반에는 '말'도 아니고 '옹알이' 해놓고 파격적인, 기존의 문법을 파괴한 좋은 말이라고 우기는 애들이 많았던 거 같아. 나도 우기고 싶을 때가 있었어.

서솔 나도 한때는 그런 생각을 해본 것 같긴 해. 마음 한 편에서 거부감이 너무 커서 실행하진 못했지만.

휘수 옹알이할 나이는 지났으니까 계속 또박또박 말하는 사람이 되고 싶어.

서솔의 이브닝 노트
- 오감의 흔적들

별일 없이 사라지는 기억들 사이에 오래도록 남는 오감의 흔적이 있다. 어떤 시기에 어떤 이유로 남겨진 흔적들인지는 모르겠으나, 기억의 한편에 화석 박물관처럼 박혀 있는 그 장면들을 때때로 떠올려 보곤 한다.

[1] 어느 해수욕장. 초등학교에 입학하기 전 어린 나. 바람에 밀려오는 파도에 몸을 싣고 해변에 즐비한 조개를 줍는다. 테이블 자세로 무릎을 꿇고 손을 모래 깊숙이 집어넣은 채 파도에 몸을 맡기면 어느새 손안에 조개가 움큼 들어왔다. 키가 작았던 탓에 바닷물 안으로 얼굴이 들어가기 일쑤였지만 입에 닿는 짠맛보다 손맛이 더 좋은 날이었다. 파도 한 번에 조개 하나. 파도 두 번에 조개 두 개. 조개만 남긴 채 바닷물에 다시 흩어지는 고운 모래의 촉감은 밀가루보다 부드러웠다. 해가 뉘엿해지자 바닷물은 점점 더 차가워져만 갔고, 다음 날 바싹 마른 바지 주머니 안에서는 고운 모래가 쏟아져 나왔다.

[2] 영어 동화 과외 선생님의 펜촉. 뭉툭하게 써지는 펜 끝에 뭉친 잉크가 책에 남는다. 적갈색과 검은색이 반씩 나뉘

어 있던 선생님의 펜은 당시 내가 봤던 펜 중에 가장 고급스러웠고, 글씨에서는 묘한 기름 냄새가 났다. 너무나 반질거리던 동화책은 펜이 지나간 자리의 잉크를 그대로 흡수하지 못했고, 수업이 끝나면 내 손날은 이내 시커멓게 물들었다.

[3] 할머니 방의 문지방. 문지방을 밟으면 혼이 났다. 그 위로 닫히는 문은 문지방과 아귀가 잘 맞지 않아 힘을 주어야 닫혔다. 촘촘히 짜인 나무살 사이에 발라져 있던 한지는 손가락에 조금만 힘을 주어 누르면 뚫릴 것 같았다. 뚫으면 안 된다는 걸 알면서도 반항심이 생기면 그 종이가 뚫리기 직전까지 집게손가락으로 눌러봤다. 낡은 종이 냄새가 났다.

휘수의 모닝 페이지

- 소파 학교에 오신 걸 환영해요

어릴 때 엄마는 거실 소파에서 책을 읽어주고는 했다. 남동생과 나는 신나게 소파에 앉아 책 읽는 엄마의 목소리에 집중했다. 이 시간을 우린 '소파 학교'라고 했다. 소파 학교의 교장 선생님인 엄마는 늘 질문을 했다. 질문에 대답하기 위해 머리가 띵해지도록 고심했던 기억이 난다. 큰 창으로 마당이 보이던 거실, 작은 몸으로 소파를 이리저리 구르고 올라가고 뛰어내리며 상상하는 즐거움을 배웠다. 때론 그림도 그리고 노래도 했다.

소파 학교의 현장 학습은 주로 미술관에서 이루어졌다. 부산 시립 미술관에 시밀러 룩을 입고 가서 관람했다. 한글도 읽지 못할 때라 전시 서문은 고사하고 작품의 제목도 모른 채 관람했다. 그래도 전시를 보는 자세만큼은 훌륭했다. 엄마는 전시장 예절을 지키는 우리 세 남매를 기특해하셨다. 그때 본 작품은 기억나지 않는다. 엄마의 눈빛, 맨발로 샌들을 신고 전시장을 총총거리며 걸어 다니던 동생의 걸음걸이, 전시장에서 글을 읽던 언니의 안경이 전시장 LED 조명에 빛나던 장면이 기억난다.

경력의 맨 윗줄을 수정해야겠다고 결심했다. 예술가 허휘수의 첫 번째 경력은 '소파 학교'다. 예술을 갈망하는 어른으로 자란 건 소파 학교를 졸업한 탓이다. 대체로 골치 아픈 예술이 너무 즐겁고 아름답다는 걸 너무 일찍부터 알아버렸다. 소파에서 뛰어놀듯 춤추고 글 쓰고 예술 하고 싶다.

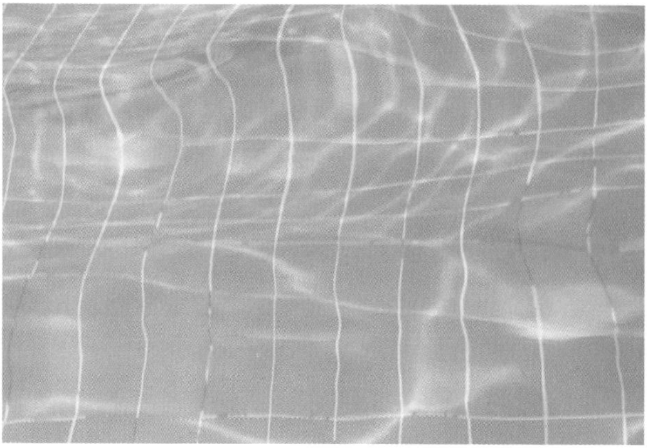

서술의 오랜 피사체, 물

유튜브가 예술이 될 수 있을까?

서솔 최근에 '유튜브가 예술 플랫폼이 될 수 있나?' 라는 질문을 생각해 본 적이 있는데, 답을 못 내렸어.

휘수 유튜브? 어떤 얘기야?

서솔 국립현대미술관 유튜브 채널 있잖아. 내가 그걸 구독해 놓고 제대로 본 적이 별로 없다는 걸 깨달은 거야. 영상 업로드가 정말 많이 되고 라이브도 자주 하는데 눌러보고 싶은 게 없었어.

휘수 왜 그럴까?

서솔 작품들을 스케치 영상으로 봐서 뭐 하나 싶은 생

각이 드는 게 가장 중요한 이유 같아. 감동이 안 느껴진다고 해야 하나? 예술가들의 생각을 밝히는 인터뷰 영상이면 뭐라도 얻어 가는 게 있겠지만, 스케치 영상은 전혀 궁금하지 않더라고.

휘수 그 채널은 국가가 공인한 예술 기관의 유튜브잖아. 관공서의 유튜브 영상이라고 생각하면 재밌을 수가 없는 것 같기도 한데? 그 채널의 목적은 더 많은 사람이 영상을 보는 것보다 아카이빙에 훨씬 더 큰 비중을 두고 있을 수도 있고.

서솔 관공서 유튜브라고 하니까 이해가 되긴 하네. 저번에 우리가 같이 갔던 10주년 기념 아카이브 기획 전시 기억나? <올해의 작가상 10년의 기록>. 현대미술관 유튜브에 올려져 있는 각기 다른 영상을 정말 많은 사람이 보고 있었잖아? 유튜브에 다 있는 영상을 별도의 모니터에 상영하면서 헤드폰을 걸어놓으니까 작품이 된 건데, 이 간극이 희한한 거지.
결국에는 유튜브로 운동 못 하고 헬스장을 가야 운동을 할 수 있는 거랑 같은 이치인 걸까? 그래서 그 광경을 생각해 보면 유튜브는 예술 플랫폼으로

서의 기능을 전혀 수행할 수 없는 것 같기도 해. 아카이브 이상의 의미가 있을 수가 있나?

휘수 좀 어려운 애기가 될 것 같긴 한데, 자료 보관 그 이상이 될 수 있다고 생각해. 먼저 대중가요, 대중 예술이 '예술'의 범주에 들어가는가,부터 얘기해야 한다고 생각하고. 왜냐면 대중 예술에서 유튜브의 존재가 되게 큰 영향력을 가지게 됐잖아. 이제 누가 티브이에서 뮤직비디오를 보고 있겠어.

서솔 <무한도전> 끝나고 나오던 뮤직비디오? 그러고 보니 지금 10대들은 이게 무슨 말인지조차 모를 거야.

휘수 맞아. 이제 20~30초 나오는 그 뮤직비디오를 굳이 기다려서 보는 사람은 없잖아. 유튜브에 다 있는데. 그래서 블랙핑크 뮤직비디오 조회 수가 몇이고 BTS는 몇이고 하는 게 얼마나 의미 있는 수치가 됐어. 유튜브 플랫폼이라는 게 대중 예술에서는 너무 중요한 예술 플랫폼이 됐지.

서솔 <강남스타일> 뮤직비디오 조회 수가 강남역 앞에

말춤 동상을 만들었으니까 맞는 말이야.

휘수 반면에 발레 같은 순수 무용을 예로 들어보면, 그런 장르에서는 유튜브가 크게 중요하진 않을 거야. 발레라는 장르를 향유하는 사람들 자체가 그걸 유튜브에서 볼 바에 직접 가서 볼 사람들일 가능성이 높잖아? 영상으로 봤을 때는 직접 보는 것보다 감동이 덜할 테니까. 현장감과 공연장의 웅장함, 음향, 조명 같은 복합적인 요소들이 완성하는 현장 예술이니까 그럴 것 같아.

서솔 그런데 코로나 3년을 생각해 보면 유튜브가 정말 중요했잖아. 유명한 피아니스트들이나 가수들도 겨우겨우 유튜브 안에서나마 무관중 공연이 가능했으니까.

휘수 맞아. 그땐 유튜브가 없었으면 어쩔 뻔했나 싶어.

서솔 그럼 유튜브는 오프라인으로 나갈 수 없을 때 활용할 수 있는 대체제가 될 수 있겠네.

휘수 이게 조건을 어떻게 하느냐에 따라서 계속 대답이 달라지는 거지. 팬데믹 상황에서는 자본의 유무와 관련 없이 모두에게 중요한 플랫폼이었지. 팬데믹이 끝난 지금을 보자면 자본이 없는 예술가들한테는 너무 중요한 플랫폼이면서 대체 불가한 유일한 수단일 수도 있지만, 자본이 있거나 명예와 유명세가 있는 사람들에겐 보조제일 뿐이지.

서솔 그러면 '유튜브는 예술 플랫폼인가?'에 대한 대답으로는?

휘수 '맞다'라고 봐야 하지. 내 얘기는 이거야. 일반화의 오류잖아. '차와 집을 가지고 있으면 중산층이다'. 이 문장에 얼마나 오류가 많아. 같은 맥락 아닐까? 부분적으로 맞는 거지.

서솔 그렇지. 워낙 말도 안 되는 영상들도 많은 곳이니까…. 애초에 진흙 속에서 피어난 꽃에 관해서만 얘기하고 있는 것 같기도 하고.

휘수 유튜브도 분명 창작의 영역은 맞잖아. 재밌게 만들기가 정말 힘든 일이니까. 누구나 볼 수 있다는 가정하에 내용도 쉽게 만들어야 하고, 그 와중에 의미 있어야 하고, 웃기기까지 해야 하니까. 사람들이 도중에 빠져나가지 않게 붙잡을 요소가 있어야 하고, 지루하지 않게 효과도 넣어야 하고. 난 그 과정이 무조건 창작이라고 봐.

서솔 네가 예전에 나한테 '유튜브는 예술 창작이 아니라고 생각하느냐.'고 물어본 적이 있었는데, 아직도 답을 못 찾았어.

휘수 고상한 것만이 예술이라고 생각하는 순간 내가 만드는 모든 유튜브 영상은 예술이 아니지.

서솔 그렇게 생각하면 유튜브에는 천박한 요소가 더 많다고 할 수 있지.

휘수 허구한 날 욕하고, 이상한 표정 클로즈업하고, 줌을 당겼다가 뺐다가, 정신없는 영상뿐이지.

서솔 얼마 전에 '욕 좀 그만해 주실 수 있나요?'라고 댓글 달렸는데….

휘수 아무튼 고상하고 안 고상하고를 떠나서, 우리가 만드는 영상이 사람들 일상에 재미를 주고 활력을 주기 위한 거라면 <정년이>에 나오는 국극과 별반 다르지 않잖아.

서솔 오… 이해되었어.

휘수 내가 만드는 별 볼 일 없는 브이로그를 나중에는 학생들이 대중 예술의 한 장르로 배우고 있을지 누가 알아?

서솔 맞아. 한 2300년쯤에는 '2020년대의 대중 문화를 선도했던 VLOG 장르' 이렇게 쓰일 수도 있지.

휘수 큰 미디어, 자본을 갖고 있는 언론사가 아니라 대중이 만들어 낸다는 게 또 얼마나 의미가 있어. 이건 일종의 '민중 예술'이라고 봐도 되지 않아?

서솔 괜찮은 비유다. '민화'와도 비슷하네. 그럼 우리는 신윤복인 거네.

휘수 신윤복일 수도 있고, 그냥 저잣거리의 광대일 수도 있고.

서술 어쨌든, 말뚝이도 예술가로 기록되니까. 그럼 우리를 저잣거리의 예술가라고 정리해야겠다.

휘수 맞아. 언젠가 왕 앞에서 재주를 부릴지도 모르는 스트릿 클라운(street clown)이지.

서솔의 이브닝 노트

- 시옷과 쌍시옷

숨을 들이쉬고 내쉬는 요가의 한 순간. '손발 끝까지 에너지를 전달해 보세요.'라는 유튜브 영상 속 요가 선생님의 말씀이 들렸다. 생각을 비워내는 시간이 마련되었음에도, 그 말이 끝나자마자 몇 가지 단어들이 혈류를 따라 흘렀다.

실망 - 서운 - 섭섭 - 소원 - 속상

뭐지? 전부 시옷이 들어가 있잖아?

실망하고, 서운하고, 섭섭하고, 소원해지고, 속상하기. 웬만하면 삶에 없었으면 하는 단어들의 교집합에 시옷이 있다는 사실을 깨닫는 순간 몸의 균형이 깨지고 호흡이 무너졌다. 무릎을 털썩 꿇었다.

곧바로 신체 균형이나 지능 지수를 나타낼 때 쓰는 오각형의 이미지가 떠올랐다. 각 단어의 몫이 얼마나 늘어나는가에 따라 인생의 씁쓸함이 결정되는 건 아닐까, 하는 공상 오각형이다.

'씁쓸'이라는 단어는 발음도 쓰고, 모양 자체도 참 씁쓸하게 생겼다. 씁쓸한 발음과 씁쓸한 모양. 손끝부터 발끝까지 씁쓸한 피가 돌았다. 살아 있다는 증거다.

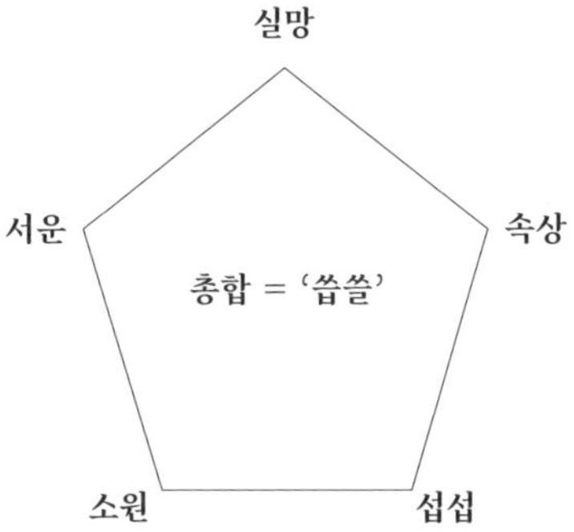

*씁쓸 공식 (허휘수 제공)

[공식 해설]

$$\lim_{S \to \infty} Ls = 0$$

L = 삶

S = 실망, 서운, 속상, 섭섭, 소원

|S| <1|씁쓸| = 0

휘수의 모닝 페이지

- 예술이 실용적일 수가 있나?

안무가로서, 댄서로서 춤을 설명해야 하는 때가 많다. "어떤 춤춰요?"라고 물어보면 왠지 말문이 막힌다. 뭐라고 해야 할까, 내가 하는 걸. 〈스트릿 우먼 파이터〉가 방영된 이후로는 "스우파에 나오는 그런 춤춰요."라고 대답하곤 했다. 설명하기에는 훨씬 쉬워졌지만, 다른 질문을 받는다.

"그럼, 티브이에도 나와요?"

티브이에 안 나온다고 답하면 왠지 실망스러워 보이는 얼굴을 마주해야 한다. 그 뒤로는 이런 이야기를 건넨 사람도 있다.

"열심히 하면 티브이에도 나올 수 있고 그럴 거예요! 춤으로 안 되면 노래라도 해보지 그래요?"

무명 댄서에게 위로를 전했다.

스트리트 댄스, 안무가로서 필요한 학문과 실기를 배우는 대학 전공을 일반적으로 '실용 무용'이라고 한다. '순수 무용' 카테고리에 발레, 현대무용 등이 들어간다면 '실용 무용'에는 팝핑, 락킹, 왁킹, 하우스, 힙합 등이 속하는 것이다.

내가 하는 춤이나 작품이 '실용 무용' 범주에 들어간다는 것 때문에 혼란스러웠다. 내 춤은 전혀 실용적이지 못할 때가 더 많기 때문이다. 실용 무용의 사전적 의미를 찾아보면 다음과 같다.

'사교나 여가 활동, 오락을 목적으로 하는 무용. 누구나 자발적으로 참여하여 스스로 즐기면서 추는 춤을 모두 이른다.'

위와 같은 것이 실용 무용이라면 더 거리를 두겠다. 사교, 여가, 오락을 목적으로 하지도 않으며 누구나 자발적으로 참여하여 스스로 즐기며 추는 춤을 모두 이르는 범주에는 부합하지만 충분하진 않다. 내가 추는 춤은 실용적이지 않다는 걸 알게 되었다.

그럼 나는 이제 어떤 춤, 무용을 하는 사람일까? 쓸데없는 춤이니 무용(無用)무용이라고 해야겠다. 무용무용을 하는 사람 허휘수입니다. 쓸데없는 춤을 추지요. 그게 뭐냐고요? 저도 모르겠습니다. 하하.

어디서 바라보든 평등하게 빛나는 구체는 서술의 오래된 영감이다.

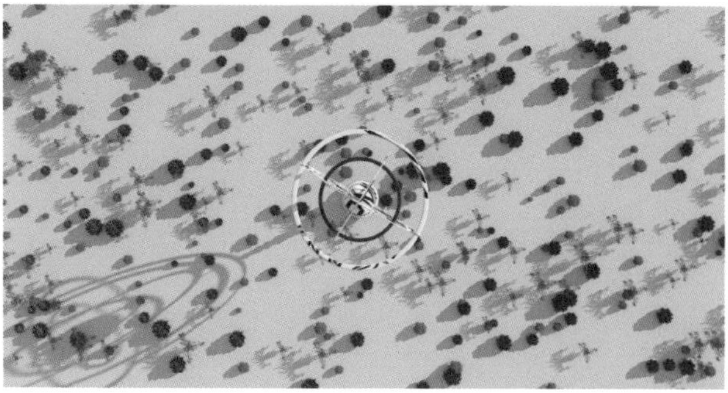

서로가 서로를 무한히 반사시키는 재질과 그림자를 좋아한다.

3장

내가 딛고 선 여기가 바로 예술

준비된 체력이 모두 소진되었을 서솔에게

서솔, 안녕하니? 우리 너무 바빴다. 글을 못 쓴 지도 몇 주 됐어. 내가 글 좀 썼냐고 물으면 넌 자신 없는 얼굴로 마무리는 못 했다고 했잖아. 난 안 썼어. 마무리는 무슨, 시작을 못 했어. 그 자리에선 거짓말했어. 나도 글을 쓰긴 했는데 마무리 못 한 척했어. “나도 비슷하지, 뭐. 마무리가 힘드네….” 라고.

미안하다. 너나 나나 엔잡러라는 수식어를 가지고 있잖아. 그래서 그간의 불성실함에 대하여 누구를 탓할 생각은 없어. 굳이 하려면 나를 탓해야겠지. 아무래도 넌 모범생 스타일이니까. ‘준비된 체력이 모두 소진되었을 서솔에게’를 제목으로 해서, 마치 네가 글을 쓰기 싫어하는 상태인 것처럼 표현했지만 내가 지금 그런 상태거든. 글감이 고갈되었고 키보드가 먹통이 된 것처럼 타자를 칠 수 없는 상태야. 최후의 수단이 필요한 시점이야. 마감이 한 달도 남지 않았잖아. 그래서 말인데… 우리 여행 가자.

미친 소리 같겠지만 백 퍼센트 진심이야. 물론 지금 우리의 상황이 너무 바쁜 건 알고 있어. 혹시 편지를 덮고 싶다면 잠깐 이 문단까지만 읽어봐. 제발 아직 덮지 마. 자, 생각을 해보자. 우리가 매주 도서관에서 만나서 글을 쓰는데 그 와중에도 업무 연락에서 벗어날 수 없잖아. 나야 전화가 오는 건 기본이고 다른 일정이 생기면 우리의 글쓰기 약속은 뒤로 미뤄지기 일쑤지. 그리고 무엇보다 매주 출근하던 칵테일 바에 9월부터 안 나가도 되잖아. 시간을 맞추면 9월에 여행을 갈 수 있어. 추석 연휴도 있으니까 어렵지 않을 거야. 우린 프리랜서니까.

그렇지?
여행을 간다면 나는 좀 멀리 가고 싶어. 저기 강원도 산골에 처박혀서 공기 좋은 데에서 글을 써도 좋겠다고 생각했는데 우리나라가 통신이 좀 잘돼야지. 거기 처박혀도 핸드폰이 너무 잘 터질 거야. 그래서 일단 한국이 아니었으면 해. 내가 좀 알아봤는데 베트남 어떨까? 추석 연휴 다음 날 출국하면 비행기 삯이 그렇게 비싸지도 않더라고. 대충 예산도 짜봤어.
네가 괜찮다고 하면 이제 거기 가서 얼마나 어떻게 글을 쓸지 계획을 짜볼까 해. 멋진 리조트에 앉아서 쓰는 예술에 관한 수필…. 생각만 해도 낭만적이지 않을까? 글에는 작가의 감정이 고스란히 들어가잖아. 우리가 행복하게 글을 쓴다면 미래의 독자들에게 그 행복이 전해질 거야. 장기적으로 봤을 때 지금 이 여행에 시간과 돈을 투자하는 건 아주 합리적인 소비야. 오랫동안 남을 우리 책을 위한 것뿐만 아니라 예술가로서의 자아에 아낌없는 사랑을 주는 행위라고. 이건 향후 우리의 예술 세계에도 지대한 영향을 미칠 거야. 글을 쓰기 위해 여행을 떠나는 나 자신, 얼마나 멋지니? 난 생각만 해도 심장이 뛴다.

어느 더운 날,
스카이 스캐너를 켜놓고 네 답을 기다리는 휘수가

회신이 없으신
서솔 님께

안녕하세요. 서솔 님. 허휘수입니다. 이틀 전 보낸 여행 요청 편지에 회신이 없으셔서 다시 편지를 보냅니다. 고민하시는 데 시간이 걸릴 거란 건 알고 있지만 저는 시간을 내려면 최소 두 달 전부터 레슨 일정을 조정해야 하여 마음이 조급합니다. 따라서 숙고의 시간을 단축할 수 있도록 근거를 들어 여행을 가야 하는 이유를 말씀드리겠습니다. 감정적 호소보다는 객관적 사실과 실제로 얻을 수 있는 기대 효과와 관련된 내용만 서술하겠습니다.

첫 번째, 효과적 작업 시간 확보.

서솔 씨와 저는 보통 원고 작업을 위하여 투자할 수 있는 시간이 하루에 1시간도 채 되지 않는 경우가 대부분입니다. 정기적인 원고 작업을 진행하는 수요일에만 4~5시간 정도를 투자하고 있습니다. 일주일 단위로 계산을 해보면 약 8시간입니다. 그나마도 잘 지켜졌을 때의 이야기이고 그 외에 다른 일이 몰려 있는 시기에는 수요일을 제외하면 30분도 투자하지 못하는 날도 많았습니다.

하지만 여행을 가서 다른 계획 없이 글을 쓴다면 하루에 최소 3~4시간, 많게는 7~8시간까지 작업이 가능할 것으로 예상합니다. 평균적으로 퇴고 없이 A4용지 2~3장 분량의 글을 쓰는 데에 3~4시간이 걸린다고 하면 성실히 작업에 임했을 때 여행 후 얻는 원고 분량은 A4용지 20장입니다. 이는 200자 원고지 160장 분량입니다.

우리 에세이 책의 20%에 해당하는 분량이지요. 게다가 혼자 쓰는 것이 아니라 둘이 쓰는 것이니 여행에서 얻는 원고는 거의 A4용지 40장에 가깝습니다. 이제까지 쓴 것보다 많은 양입니다. 절대적 시간이 부족했던 서솔 씨에게 꼭 필요한 일이라고 생각합니다.

두 번째, 새로운 자극과 영감 탐색의 필요성에 대한 최적의 조치.

아시다시피 지금 서솔 씨와 저는 영감이 고갈된 상태입니다. 지속적인 인풋을 위해 꾸준한 독서와 콘텐츠 시청 등의 활동을 하지만 한계가 있다는 걸 몸소 느끼고 계실 겁니다. 저 역시 강력하고도 부드러운 자극이 필요한 시점임을 온 피부로 느끼고 있습니다.

네, 저도 압니다. 왜 그 해결책이 여행이냐는 의문이 드실 겁니다. 외국으로의 여행이 왜 최적의 조치인지 설명해 드리겠습니다. 먼저 여행을 가는 건 일상에서 벗어나는 행위입니다. 여기서 일상이란 설거지, 빨래, 청소기 돌리기 등의 집안일, 공과금 및 월세 내기, 쓰레기봉투 구매 등의 자잘한 일을 말합니다. 여행은 일상에서 벗어나 새로운 차원으로 가는 일이지요.

게다가 외국으로 가면 환율을 계속 확인할 수 없는 탓에 금전 감각 없이 몽롱한 정신 상태로 즐거운 소비가 가능합니다. 따라서 여행을 가서 집필하는 건 창작 그 자체에 집중할 수 있게 하는 힘을 가졌습니다. 빨래도 청소도 월세도 생각할 필요 없이 오직 나와 키보드만의 시간을 가질 수 있습니다. 사사로운 일들 때문에 작고 크게 에너지를 빼앗기는 서울을 벗어나는 건 지금 서솔 씨에게 그리고 저에게 가장 필요한 최적의 조치일 수밖에 없습니다.

세 번째, 배수진 효과.

현재 제안하는 여행의 예산을 대략적으로만 잡아보아도 인당 약 150만 원입니다. 큰돈이지요. 이 큰돈을 글을 쓰기 위하여 들인 것을 생각하면 없던 집중력도 끌어와 사용할 수 있을 것이라 봅니다.

일례로 가수 박진영 씨는 외국에 나갈 때마다 일등석에 앉는다고 합니다. 일등석에 앉아 꼭 두 개의 곡을 작곡한다고 하는데요, 이는 일등석에 앉아서 가는 납득할 만한 이유를 만들기 위해서라고 합니다. 저희가 여행을 가야 하는 이유를 꼭 만들어 오기 위해 최선을 다할 사람들이라는 걸 알고 있습니다.

마지막으로, 허휘수가 너무 원하고 있습니다.

위 내용을 종합하여 숙고하여 주시고 재가 바랍니다.

허휘수 올림

연꽃으로 쓰는 편지

우리는 어쨌든 배수의 진을 치고 베트남에 짧게 다녀왔어. 네가 제안한 대로 우리는 글쓰기와 책 읽기에 몰두하면서 실로 많은 작업을 했지. 일터에서 멀어지니까 새벽에 일어나서 글을 쓰는 게 가능해지더라고. 너에게도 나에게도 신기한 경험이었어.
물론 그때 쓴 글은 지금 우리의 책에 거의 실리지 않았지. 그로부터 몇 달 뒤, 우리는 거의 완성된 원고를 모두 뒤집어엎어버렸으니까. 그런데 참 이상하지? 열과 성을 다해, 심지어 비행기까지 타고 날아가서 쓰고 온 글을 엎는데 아쉽지 않았어. 오히려 더 좋은 글을 쓸 가능성을 얻게 된 점이 감사했지. 그마저도 신기한 일이야.
그곳에서 보고 온 연꽃의 힘일까? 너도 같이 해보았지만, 리조트의 연꽃 한 가운데서 경험한 요가와 명상은 실로 엄청났어. 요가를 하는 내내 몸과 마음에 평안이 가득한 나머지 돌아와서도 요가를 하게 되었으니까. 요가 매트를 사고, 싱잉볼을 사고. 별 볼 일 없이 지나갈 수 있었던 일상을 새로운 요소들로 채우는 것만으로도 나만의 평안이 만들어지는 느낌이었어.
아직도 요가 선생님과 너와 나, 세 명만이 숨 쉬던 연꽃 정원 가운데에 정자를 떠올리면 한결 마음이 가벼워지거든. 그런 평안의 형상을 가질 수 있도록 여행을 제안해 준 너에게 고마움을 전해.

'꿈이 뭐예요?'
묻는 사람들에게 일관적으로 하는 대답이 있어.

'디지털 노마드요.'

아무 데서나 잘 자는 사람도 아니고, 못 먹는 음식도 몇 가지 있고, 낯선 이방인들의 소란스러움에 예민하게 반응하는 기질을 타고났으면서도 디지털 노마드를 꿈꾸는 사람이 바로 나야. 사주에 역마살 세 개가 있다고, 그 역마살 때문에 옆에 있는 사람들까지 외국으로 끌고 간다고 하더라고.

언젠가 우리가 다시 한번 외국에 나갈 일이 있다면, 그땐 지금 만들어진 평안을 연료 삼아 세상이 놀랄 만한 작품을 만들어 오고 싶다. 언제, 어디서, 어떤 방식일지는 모르겠지만 또 다른 연꽃이 우리를 기다리고 있을 거라고 굳게 믿고 싶어.

2023년 6월

아직은 진흙 속에 있는 서솔이

허휘수에게 대신 물어봐 드립니다

서솔 사람들이 제일 많이 물어보는 질문이라고 생각되는 것들만 선택했습니다.
'안무를 짤 때 영감은 어디서 받나요?' 이 질문은 받을 때마다 어렵지?

휘수 영감…. 왜 불러?

서솔 짜증 나.

휘수 다양한 부분에서 영감을 받지만 가장 지속적인 영감은 '나'라는 예술가, '나'라는 존재를 표현하고 싶다는 욕망이지. 그게 제일 강력한 영감인 것 같아.

서솔 그럼, 허휘수가 만드는 안무는 허휘수를 표현하는 것인가?

휘수 보통 그래. 왜냐하면 난 나를 위해 안무를 만들잖아. 아이돌을 위한 안무를 만드는 것도 아니고 어떤 극을 위해서 해본 적도 없어. 결과적으로 그냥 내가 하고 싶은 걸 하거든. 모든 예술가가 그렇지 않을까? 어떤 영감을 계속 외부에서 받기가 쉽지 않아. 외부적인 영감이 당연히 있지만 지속성을 가지려면 내부에서 얻어내야 한다고. 외부에서 얻는 영감을 어떻게 다 하나하나 기억하고 설명할 수 있겠어? 영감이라는 카테고리 안에서 가장 강력한 주제는 '나'야. 나의 춤, 글, 창작은 나에게서 나와. 다들 그런 거 아니야? 외부의 뮤즈를 두고 창작하는 건 어떻게 하는 건가 싶어.

서솔 다음 질문입니다.
편집은 현대판 삯바느질이라는 말이 있잖아요. 순서에 맞춰서 한 땀 한 땀 차례대로 나아가는 창작이라는 점에서 영상 편집과 안무 창작은 비슷한데, 두 분야는 어떻게 다른 것 같은가요?

휘수 되게 흥미로운 질문이네요. 편집과 안무 창작의 가장 큰 공통점은 뭔지 아세요? 원 소스(source)가 좋아야 한다는 거예요.

서솔 오….

휘수 안무의 원 소스가 노래나 안무가의 역량이라면 편집의 원 소스는 촬영한 영상이겠죠. 원 소스가 좋으면 편집은 좀 대충 해도 돼요. 영상 찍었을 때부터 색감이 예쁘고 내용이 좋으면 편집할 때 조금만 건드려도 되잖아요.

서솔 맞아.

휘수 재미없는 걸 재밌게 만들기, 별로 안 예쁜 걸 예쁘게 만들기. 얼마나 힘들어?

서솔 편집할 때 후회가 되지. 촬영할 때 좀 열심히 할걸, 이렇게 되잖아.

휘수 반면 가장 큰 차이점은 보통 내가 편집하는 건 촬영도 내가 하는 것이지만 안무의 노래는 내 것이 아닐 때가 더 많다는 거죠.

서솔 많다고 하기에는 너의 노래가 아닌 경우가 100% 아니야?

휘수 그건 그렇네. 안무가마다 성향이 다르겠지만 제가 아는 한 많은 안무가들이 음악에 몸을 움직여 보면서 안무해요. 노래를 들으면서 나오는 동작을 이것저것 해보고 취사선택하거든요. 여기서 손가락을 이렇게 할까? 여기서 다 손을 다 펴는 건 좀 멋이 없는데 약간 구부릴까? 하면서. 이렇게 하나하나 차곡차곡 뺄 건 빼고, 그러면서 정리를 해서 박자 안에 차곡차곡 쌓아가는 그런 과정인 것 같거든요. 얘기하다 보니까 되게 비슷하네요.

서솔 그러면 안무 창작도 삯바느질 같다는 생각이 드는 건가요, 지금?

휘수 그런 것 같아요. 이게, 프리스타일이랑 안무가 되게 달라요. 프리스타일은 흐름이에요. 즉흥으로 추는 건 끊기면 안 되는 거죠. 그 흐름을 계속 따라가 줘야 해요. 음악과 분위기와 내 몸과 감성에 따라가 줘야 해요. 안무는 그렇지 않잖아요. 그래서 삯바느질처럼 안무하는 사람 많을 것 같은데요. 안무에서는 흐름을 만들어도 인위적이에요. 프리스타일이 자연의 파도라면 안무는 인공 파도죠.

서솔 휘수도 그렇게 해?

휘수 저도 그렇죠. 막상 해놓고 별로인데, 너무 흔한데, 너무 어려운데, 괜히 꼬아놨는데, 하면서 흐름을 부드럽게 만들거든요. 목공 후에 사포질하고 니스칠하는 것처럼요. 비슷한데요? 삯바느질이네요.

서솔 그러면 안무 삯바느질에 사용되는 노래들은 어떤 이유로 선택이 되나요? 그리고 가사가 있는 것과 없는 것에는 어떤 차이가 있는지 궁금합니다.

휘수 다양한 이유로 선택을 해요. 레슨할 때는 인기 많은 곡으로 했어요. 레슨을 제외하고 말해볼게요. 들으면서 내가 행복해야 해요. 행복하고 가슴이 뛰어야 해요.

서솔 슬픈 노래도 많이 하잖아.

휘수 응. 들으면서 행복하고 가슴이 뛴다는 게 어떤 거냐면 나를 되게 벅차게 만든다는 얘기야. 춤추고 싶고 잘 표현하고 싶은 열정으로 나를 설레게 하는 노래. 곡의 정서와 별로 상관없는 것 같아요. 가사가 있고 없고의 차이를 말씀드리자면 가사가 있는 건 상대적으로 쉬워요. 일종의 가이드라인인 거죠. '이 노래를 이렇게 이해하렴.' 유튜브 영상의 같은 자막 같은 거예요.

서솔 하다 보면 본인이 직접 음악을 만들고 싶은 생각은 안 드나요?

휘수 들죠. 그런 생각할 때 많아요. 왜냐하면 음악에 종속된 것 같은 느낌이 들 때가 있거든요. 무용 전공자들은 무용 음악도 배우거든요? 무용수가 무용 음악까지 만들진 않죠. 보통 무용 음악을 전문적으로 하는 작곡가들이 있어요. 하지만 기본적으로 그 음악에 대한 이해도가 있어야 의뢰해서 만들 것 아니에요? 나만의 춤을 위한 음악을 만들진 못해도 음악을 더 깊게 알아야 한다는 필요성은 늘 느껴요. 다시 질문으로 돌아오자면 저는 자막이 있는 게 취향에 가까우니까 음악에는 가사가 있는 게 취향입니다.

서솔 그러면 조금 더 개인적으로 들어가서 4월에 일본에서 배워왔던 춤은 어땠나요?

휘수 재밌었어요. 재밌었는데 일본까지 갈 필요가 없었다는 생각이 계속 들었죠. 한국에 좋은 댄서가 얼마나 많은데. 한국에 있으면 일을 너무 많이 하니까 굳이 일본으로 간 건데….

서솔 특히 일본 댄서들에게 수업을 받고 싶어 했잖아. 나는 휘수가 단기 유학을 다녀왔다고 보는데.

휘수 맞아. 우리나라의 스트리트 댄스 문화가 일본에서 많이 들어왔거든요. 그래서 일본이랑 비슷해요. 미국 스트리트 댄스 문화와는 약간 다르거든요. 일본의 영향을 많이 받았기 때문에 그 원형을 보고 싶은 마음도 있었어요. 비슷해도 분위기가 확실히 다르긴 해요. 머리가 하얗게 센 어르신도 계시고 외국인도 되게 많고.

서솔 신기하네.

휘수 일본에서 고민이 많았어. 나는 어떤 사람인가, 어떤 댄서인가. 이런 철학적인 질문부터 춤을 왜 추는가와 같은 근본적인 질문까지 하게 됐어.

서솔 그럼 일본을 괜히 간 것 같아요?

휘수 아니요. 내가 하고자 하는 것에 대한 단서를 얻어왔죠. 춤 자체로도 물론 매력 있고, 내가 가장 사랑하는 건 당연히 춤이에요. 다만 춤만으로는 뭔가 빈 것 같은 이 마음을 이제는 더 이상 무시할 수가 없는 거지. '춤은 디폴트고 뭔가 더 필요하다, 그럼 필요한 건 무엇? 그건 아직 모름.' 이런 상태야. 일본에서 팝핀 배틀을 나갔거든. 예선 탈락하고 행사장을 나오는데 눈물이 나더라고.

왜 울었지, 생각해 보니까 지금껏 배틀이 너무 무서웠는데 그걸 이겨냈다는 벅찬 감정 때문이었어. 끝나고 나니까 알겠더라고. 두려움을 이겨낸 내 기특하고 뿌듯한 순간을 기념하는 눈물이었어. 근데 그게 다야. 그 이상의 감동이 없었어. 예선을 탈락했으면 다음에는 열심히 해서 본선을 올라간다거나 이런 목표 의식이 생겨야 하는 거 아냐?

근데 없었어, 아무것도. 그러니까 배틀은 날 행복

하게 하지 못해. 상대적으로 춤 실력을 겨루는 시합에는 흥미를 전혀 못 느끼는 거지. 두려움을 걷어내니까 확실해진 거야. 난 여기에 뜻이 없다. 지금은 그래서 '어떻게 춤을 추고 싶은가?'를 끊임없이 고민하고 있어. 아직까지는 잘 모르겠지만요. '하나는 확실하다. 나는 그 이상을 원한다. 무언가 더 있다.' 그걸 알게 되는 날까지 춤을 추는 게 그리 즐겁지만은 않을 것 같네요.

서솔 다음 질문은 지금까지 얘기한 관점에서 비춰봤을 때 작년 12월에 했던 공연을 지금 되돌아보면 어떤 부분이 더 추가될까요? 만약에 똑같은 공연을 지금 다시 한다면?

(휘수는 본인의 제자 50여 명을 데리고 6개의 퍼포먼스를 만들어 작년 12월에 공연을 열었다.)

휘수 지금 다시 하면 저는 극을 만들 거예요. 하나의 이야기로 만들 것 같아요. 1시간 정도로.

서솔 모든 출연자를 한데 묶어서 한 팀으로?

휘수 그렇게 해서 이야기를 만들고 싶어.

서솔 이야기는 휘수가 쓰고?

휘수 원작이 있어도 좋고.

서솔 그러면 음악극 이런 말도 있어?

휘수 그런 장르가 있죠. 댄스컬, 탄츠테아터 이런 것도 있고.

서솔 원하시는 게 뮤지컬이 아니잖아요? 뮤지컬처럼 대중화된 극 형식이 아닌가? 이름만 들었을 때는 잘 모르겠다.

휘수 <비보이를 사랑한 발레리나> 알아요? 되게 유명했던 공연. 댄스컬이 그런 거예요. 춤으로만 극이 흘러가거든요.

서솔 그런 장르가 크게 대중화되지 못한 이유는 뭐지? 접근성이 낮은가?

휘수 그래도 그 작품은 10년 넘게 공연했을 거야. 대단히 대중적이진 않았겠지만. 그 이유는 노래를 안 해서인 것 같아요. 제 생각에 그래요.

서솔 노래가 그렇게 중요한가?

휘수 들리는 음악이 주는 현장성이 없어서 그런 것 아닐까. 음악은 청각이잖아. 춤은 시각적으로 봐야 하고, 청각적인 게 더 내밀하게 느껴지는 거 같아. 시각보다 가까이에 있는 것 같고. 가까이서 현장감 있게 느낄 수 있는 느낌. 공연장에 갈 필요성을 시각적인 요소에서만 찾는 것보다 더 느낄 수 있는 것 아냐?

서솔 발레도 생각해 보면 가사 하나 없이 1시간, 2시간씩 공연하는 건 똑같은데.

휘수 보통 발레 공연에는 오케스트라가 있어요.

서솔 그렇긴 하지. 만약에 라이브로 음악 하는 사람들이 들어간다면 그것도 극복이 될까요?

휘수 약간 극복이 되겠지만 대중성을 확 가지긴 쉽지 않을 것 같은데요. 요즘에는 이제 뮤지컬도 인기 배우가 필수적으로 포함되어야 잘 된다고 하잖아요. 무대 공연 자체가 마이너한데 무대 공연 중에서도 더 마니어한 형식이니까 대중적으로 뜨는 데에 시간이 걸릴 거 같아.

서솔 마지막으로 이 책을 보는 독자들이 반드시 하나의 영상을 봐야 한다면 휘슬의 어떤 코레오 영상을 보면 좋을까요? 바로 생각나는 것이 무엇인가요?

휘수 <춤>이요.

서솔 유튜브 '허휘슬' 채널에 있는 영상? 이유는요?

(유라-<춤> 안무 영상, 촬영·편집은 서솔이 했다.)

휘수 '춤'이라서요.

서솔 그러면 마지막으로 앞으로 어떤 춤을 추는 댄서 허휘수가 되고 싶은가요?

휘수 어떤 춤이요? 쓸데없는 춤을 추고 싶습니다.

서술 무용무용?

휘수 네, 쓸 데가 없길 바랍니다.

서술 무용수?

휘수 쓸데없는 허휘수?

서술 무용무용수다.

휘수 쓸데없는 무용을 하는 허휘수다.

서술 더 하고 싶은 말씀 없으신가요?

휘수 앞으로도 쓸데가 없겠습니다. 감사합니다.

휘수의 모닝 페이지

- 원한다면 어디든 무대야

꿈을 묻는 어른이 많았다. 그럴 때마다 나는 늘 벙쪄 있거나 그냥 있어 보이는 걸 대답했다. 무대에 서는 사람이 되고 싶었지만, 입 밖으로 꺼낼 자신이 없었다. 막연한 꿈이 뮤지컬 배우로서 무대에 서고 싶다는 생각으로 구체화된 건 2007년 여름이었다. 당시 부산 장산역 근처의 MBC 액터스쿨이라는 연기 학원에서 오디션이 열렸다. 노래방을 같이 다니던 친구의 제안으로 함께 오디션을 봤다. 동방신기의 〈라이징 선〉 안무를 장기로 보여주고 노래를 불렀다. 아마 윤하의 〈기다리다〉를 열창했을 거다.

심사위원의 손짓으로 단 두 소절 만에 음악이 꺼졌다. '별로 할 말이 없지만 그래도 한마디 해보자면' 같은 표정을 하고는 내 이름을 칭찬했다.

"허휘수. 본명이네요? 이름이 특이하네. 데뷔해도 본명 쓸 거죠?"

"네? 아… 네…. 아마도요."

'데뷔해도'라고 덧붙인 건 나의 꿈에 대한 최소한의 예의였을 거다. 오디션 결과는 당연히 낙방이었고 그 대신 한 달 수강권을 받았다. 오디션에 참여한 모두가 받는 참가상 개념이었다. 학원 마케팅의 일부일 뿐이었겠지만 그 당시 내

겐 〈슈퍼스타 K〉 같은 오디션이었다. 오디션에 붙었다는 수강생들은 벌써 연예인이 된 것만 같이 보였다. 뭐가 그리 멋져 보였는지 그들이 지나가면 곁눈질하느라 정신없었다.

한 달 수강권으로 보컬 수업을 들었다. 일주일에 한 번 집에서 1시간 넘게 걸리는 곳까지 지하철을 타고 가서 보컬 수업을 들었다. 보컬 선생님은 말랐지만 다부진 체형에 머리는 길고 화장이 진하지 않은 30대 중후반으로 보였다. 처음 수업을 듣는 나에게도 강사 생활을 오래 한 것이 느껴질 만큼 포스가 있는 분이었다.

호흡, 복근 운동, 연습, 피드백의 순서로 진행되는 수업이었다. 선생님이 한 사람씩 돌아가며 봐주었고 내 차례가 되었다. 얼리샤 키스의 〈If I ain't got you〉 1절을 부른 후 가쁜 호흡을 내쉬는 나에게 선생님은 난처한 눈빛으로 말했다.

"휘수야. 힘은 참 좋다. 아… 이걸 어떻게 말해야 하나…."

잠시 고민하더니 결심했다는 듯 말했다.

"내가 널 손톱만 한 보석으로 만들어야 하는데, 넌 바위야. 많이 깎아야 하네…."

어린 친구가 최대한 상처를 덜 받게 하기 위해 돌려돌려 말하려고 노력했던 좋은 선생님이다. 하지만 긍정적인 15세 휘수는 이걸 칭찬으로 받았다.

'헉? 내 안에 보석이 있다는 말이잖아?'

들뜬 마음으로 집으로 돌아가 이 말을 엄마에게 전했다.

"엄마! 선생님이 내 안에 보석이 있대!"

보석을 품은 어린 휘수에게 자신감이 생겨버렸다. 이제 누가 꿈이 뭐냐고 물어보면 뮤지컬 배우라고 말하게 된 것이다. 5교시 국어 시간이었다. 장래 희망, 꿈을 말해보는 시간을 가졌다. 내 꿈이 뮤지컬 배우라고 말하자마자 국어 선생님이 말했다.

"뮤지컬 배우? 휘수야. 애들 지금 졸리니까 노래 하나 해주면 어때?"

반 아이들은 박수를 보내기 시작했다. 이런 자리를 빼면 예비 뮤지컬 배우가 아니라고 생각한 나는 벌떡 일어나 교탁 옆에 섰다. 떨리는 가슴을 부여잡으면서 내질렀다.

자 지금 시작해 조금씩 뜨겁게

우 두려워하지 마

(…)

Maria Ave maria

저 흰 구름 끝까지 날아

Maria Ave maria

거친 파도 따윈 상관없이

노래가 끝나고 어정쩡한 박수 소리가 들렸다. 음…. 오…. 아…. 예…. 애매한 노래 실력이었지만 진심으로 부르니 놀릴 수도 없고, 쌍방이 난처한 무대였다. 노래가 끝나고 자리에 앉자 아무 일 없다는 듯 수업이 재개되었다. 아무도 조금 전 교탁 무대에 대한 감상을 나누지 않았다. 하지만 나는 이후로도 혼자서 그 교탁 앞에 서 있던 순간을 곱씹었다. 그 떨림을 간직했다. 그 후로도 굴하지 않고 작고 큰 무대에 서서 뭔가를 보여주는 데에 스스럼없었다. 아직은 잘 못하는 것도, 완벽하지 않은 것도 두렵거나 부끄럽지 않았다. MBC 액터스쿨 무료 수강권 기간이 끝나고 재수강은 하지 못했다. 당연히 부모님은 액터스쿨에 큰돈을 내줄 용의가 전혀 없었다. '네가 하고 싶은 건 대학 가서 해라 주의자'들이었기 때문이다.

대학 합격 후 가장 먼저 찾아본 건 서울의 극단이었다. 오디션을 보는 방법 등을 검색해 보면서 심장이 뛰었다. 뮤지컬 동아리에 들어가고 싶어서 입학할 대학의 동아리를 찾아봤다. 댄스 동아리에 들어가 댄서로 살게 될 거라곤 상상도 못 했던 때였다. 타지로 나와 모든 것이 신기하고 무섭던 시기에는 어떻게 해서든 몇 없는 연고를 찾기 마련이다. 나도 마찬가지였다.

처음 혼자 상경을 한 건 입학식 날이었다. 잠실의 종합운동장에서 진행되었는데 그 규모에 입이 절로 벌어졌다. '가수들이 콘서트 한다는 그 잠실 운동장 아니가? 와, 으리으리하네….' 학과 점퍼를 입은 선배들의 안내에 따라 얌전히 앉아 입학식을 구경했다. 마지막 순서로 중앙 댄스 동아리의 축하 공연이 있었다. 큰 스크린에 얼굴과 춤이 실시간으로 상영되었고 관객들은 운동장이 떠나가라 소리 질렀다.

춤이라면 나도 좀 춘다고 생각했던 내게 그 무대는 가히 충격이었다. '이게 서울 클래스구나.' 싶었다. 그 동아리에는 내 중학교 선배가 있었다. 선배는 내가 중고등학교 때 활동했던 연합 댄스팀의 리더이기도 했다. 무대가 끝나자마자 선배에게 문자로 "언니… 진짜 너무 멋있었어요… 대박이었어요…!"라고 주접을 떨었다. "휘수, 우리 동아리 들어올 거제? 오디션 공고 봤나?" 입학식 무대에 아직 홀려 있던 나는 "당연하죠!"라고 답함과 동시에 댄스 동아리에 가입하게 된다.

노래보단 춤 쪽이 가능성 있겠다고 판단했던 걸까? 뮤지컬은 어느 순간부터 내 꿈, 미래의 카테고리에서 빠지기 시작했다. 담배를 피우기 시작하면서부턴 목소리가 점점 더 낮고 허스키해졌고 이 때문에 노래와는 더 이상 연이 없겠거니 싶기도 했다. 알게 모르게 내가 할 건 아니라고 선을 그었다. 니코틴에 중독되면서 한편으로는 뮤지컬 배우라는 꿈을 보내주고 있었다. 하지만 단순히 노래를 못해서가 아니라 춤을 너무 사랑하게 되었다. 다른 것과 비교할 수 없게 사랑했다. 가슴속에 춤이 가득 차서 다른 게 들어올 여유가 조금도 없었다.

몸을 움직여서 표현하는 일은 은유적이었다. 나는 평생 시적인 표현을 동경해 왔는데 춤은 시 그 자체였다. 직접적으로 말하지 않고 근육의 움직임만으로 이야기하는 장르라는 점이 특히 매력적이었다. 나의 원픽이 '춤'이라는 걸 확실히 확인한 건 뮤지컬 〈무고함과 해악〉의 안무가이자 댄서로 참여했을 때였다.
배우와 댄서가 나뉘어져 있고 댄서들은 춤만 추는 형태의 뮤지컬이었다. 댄서로서 여타 뮤지컬의 앙상블처럼 춤과 노래를 동시에 할 필요가 없었다. 반대로 배우는 춤을 추지 않고 연기와 노래만 했다. 꿈에 그리던 뮤지컬 무대에서 안무가로서 또 댄서로서 이바지한다는 것만으로 충분했다. 꼭 뮤지컬 배우일 필요는 없다는 걸 확인한 거다.
이런 경험은 지금도 한다. 꼭 무대라는 공간이 아니더라도, 영상으로 보여주더라도 내가 창작하고 실연할 수 있다면 어디라도 괜찮다는 걸 계속 확인하고 있는 요즘이다. 코로나 시국으로 무대에 설 기회가 많이 사라져 답답하고 막막했는데 오히려 다른 형태의 '무대'를 만들 수도 있었다. 내가 원하는 무대는 내가 있는 무대다. 원한다면 어디든 무대다.

서솔에게 대신 물어봐 드립니다

(본인의 인터뷰가 재밌었던 휘수는 서솔에게도 인터뷰를 요청했다. 저돌적인 모습으로 큰 노트와 펜을 들고 온 휘수의 직진 인터뷰가 시작됐다.)

휘수 어떤 형태의 창작물을 만들고 싶습니까? 당신은 어떤 예술가인가요?

서솔 두 질문이 같은 건가요?

휘수 네. 카테고리로 나눴을 때 어떤 예술인지 궁금합니다. 나는 춤추는 안무가잖아요?

서솔 춤으로 따지자면 올 장르 댄서? 비보잉까지 하는 댄서.

휘수 어떤 장르에서요?

서솔 예술…? 예술에 있어서 그런 사람이 되고 싶어. 글도 쓸 줄 알고. 그림도 그릴 줄 알고. 영상도 찍을 줄 알고. 편집도 할 줄 알고. 그래픽도 할 줄 알고. 나쁘게 말하면…,

휘수 나쁘게 말하지 마세요.

서솔 좋게 말하면 팔방미인인 거죠. 예전엔 할 줄 아는 게 많은 상태가 너무 싫었거든요? 뭐든지 어중이떠중이라는 생각이 들고, 선택지가 많으니까 불안했어요.

휘수 그렇군요. 무대에는 서고 싶지 않나요? VJing* 공연은요?

서솔 엇, 하고 싶어요. (서솔과 휘수는 2020년 11월에 이틀 동안 VJing+Choreography 공연과 전시를 진행했다. 코

* 음악과 안무에 맞춰 실시간으로 영상을 믹싱하는 작업.

로나 격상 상태였음에도 1,300명 이상의 관객이 전시장을 찾았다. 49쪽 사진 참고.) 우리 또 해야죠.

휘수 그럼 '어떤 예술가가 되고 싶나요?'라는 질문에 대한 대답은 뭘까요?

서솔 최근에 생각했던 희망 사항인데요, 뜬구름 잡는 소리는 하지 않는 예술가가 되고 싶어요. 뭐든 간에 유의미한 말을 하고 싶어. 전시로 생각했을 때, 보통 전시회에 가면 작가의 소개말이나 서문을 작품과 함께 보게 되잖아. 그런데 작품과 설명이 전혀 호응하지 않는 경우가 있어. 예를 들면, '작가는 어린 시절에 경험했던 소통의 부재에서 비롯된 내면의 불안과 현대 사회의 단절을 메타버스의 시공간 안에서 보여주려고 했다.'라고 하는데 작품에선 어떤 실마리도 얻지 못하는 거야. 그럼, 그 작품을 보고 내가 이해를 못 하는 건가 싶다가도 눈살이 찌푸려져. 그 이유에는 두 가지가 있는데, 첫 번째는 너무 현학적인 말을 나열해 놓아서 뭐라고 하는지 모르겠는 경우고 두 번째는 너무 게으른 게 티가 나는 경우.

휘수 그런 게 어디서 티가 나나요?

서솔 음… 내가 이상한 잣대를 들이밀려고 하거나 일반화하려는 건 아닌데, 이런 느낌이야. '현대인들의 고독을 표현한다.' 하면서 그냥 강남역 10번 출구를 클로즈업한 사진 한 장 붙여놓는 느낌? (절대 어떤 작품을 지칭하거나 떠올리며 작성한 것은 아닙니다.)

휘수 고민을 많이 안 한 게 티가 나는 경우구나.

서솔 (여전히 내가 이런 이야기를 해도 되는지 잘 모르겠지만) 작가가 얼마나 고민을 했을지 내가 단정 지을 수 없으면서도, 빈약한 고민은 어쩔 수 없이 흔적을 남긴다고 생각해. 더군다나 요즘엔 '인증샷 찍기 좋은' 전시나 예술품들이 많아지는 추세잖아. 자본주의의 흐름을 따라가는 거니까 그런 현상을 비난할 수는 없지. 여기서 중요한 건 일차원적인 게 안 좋다는 게 아니야. 작품은 일차원적으로 만들어 놓고 대단한 의미가 있는 것처럼 포장하기 시작하면… 관객을 기만하는 것 같더라고. 관객의 입장에서 썩 유쾌하진 않았어. 최근에 본 현대 미술 전시 중에 그런 경우가 종종 있었어. 그런 것들을 보면서 '난 뜬구름 잡는 소리는 안 해야지.' 다짐하게 되더라고요.

휘수 정리하자면 '이것저것 다 하는 팔방미인이면서 나만의 예술적 철학이 확고한 예술가'가 되고 싶은 것이군요.

서술 그렇죠.

휘수 알겠습니다. 제가 받은 것과 같은 질문을 해보고 싶은데요. 영감을 어디서 받나요?

서술 하하, 올 게 왔군요. 글을 쓸 때의 영감은 과거의 오감에서 오는 경우가 많은 것 같고요. 그래픽이나 영상을 만들 때의 영감은… (한참 생각하다가) 잘 모르겠어요. 어쩌지? 게으른 대답을 해버렸다.

휘수 몰라도 되지만, 알면 더 좋지 않을까요? 예전에는 일상과 관련된 대답을 했던 기억이 나는데요. 일상에서 본 인상적인 장면이 영감이 되진 않나요?

서술 영감을 어디서 받느냐는 질문에 한 번도 제대로 대답해 본 적이 없어요. 그래서 내가 그 질문을 했던 거거든요. 나도 잘 모르겠으니까 다른 사람이 어디서 영감을 얻는지 궁금했어.

휘수 그러면 창작을 왜 하시나요?

서솔 하고 싶은 말이 많아서요. 창작은 내가 하고 싶은 말을 표현하는 수단이에요.

휘수 그럼 결과적으로 하고 싶은 말이 많아서 창작한다면, '하고 싶은 말'이 본인의 영감인가요?

서솔 그럴 수도 있겠군요.

휘수 보통 어떤 말을 하고 싶은가요? 혹시 '이 세상은 잘못됐어'?

서솔 아무래도 반골 기질이 드러나는 생각들도 많이 하죠. 요즘은 어렸을 때의 경험들이 많이 생각나는 것 같아. 우리가 했던 앵그르 관련 대화에서도 목욕탕 얘기를 했잖아. 그렇게 어렸을 때 경험한 시각, 촉각, 후각과 관련된 경험들이 창작할 때 계속 밑바탕이 되는 것 같아. 그래서 내가 봤던 아름다운 순간들이 모티브로 나타나는 거죠.

휘수 그러면 어린 서솔이 본인의 영감인가요?

서솔 그런가 보다. 맞는 것 같아요! 어리다는 게 유년 시절일 수도 있지만, 어제일 수도 있는 거죠. 나는 오늘보다 어제 더 어리니까, 지나온 과거가 나의 영감이겠네요. 마침내 대답을 찾았다. 좋은 인터뷰어군요?

휘수 그럼 '왜 창작하는가?'에 대한 대답도 조금 바뀌려나요?

서솔 영감을 그렇게 정의하고 나니까, 창작은 제가 살아가는 방식이라고 대답하고 싶어졌어요.

휘수 창작은 나의 삶의 방식이다.

서솔 제가 노트에 쓴 말도 있거든요. '의식주'에서 끝나는 게 아니고, '의식주예'다.

휘수 아하. 내 삶에 있어서?

서솔 그래서 계속 예술을 포기하지 못하고 짝사랑하며 빙글빙글 맴도는 거죠. 의식주가 다 그렇잖아요. 아파트 살 능력은 없지만 청약 일정 괜히 들어가 보고, 더 맛있는 걸 계속 먹고 싶어 하고, 예쁜 옷 입고 싶어 하고. 그 카테고리에 예술이라는 대주제도 들어가 있는 것이죠. 계속 갈망하는 대주제.

휘수 다음은 저에 관한 질문인데요. 허휘수를 만나서 같이 창작하고 난 후부터 본인의 예술과 창작에 대한 가치관이나 방향성이 바뀌었나요? 어떤 차이가 있어요?

서솔 방향성이 크게 바뀌지는 않았고요. 휘수에게 심폐소생술을 당했다고 표현하는 게 맞겠는데요. 생명력을 얻은 거죠.

휘수 휘수로부터?

서솔 네. 휘수가 독려하지 않았다면 2020년 이후에 내가 어떤 창작을 계속하려고 하지 않았을 것 같아요. 그냥 '유튜버의 삶'이라는 길을 정처 없이 걸어갔을 것 같아요. 그 인생의 항로를 느닷없이 나타난 허휘수라는 미지의 선장이 바꿔버린 것이지.

휘수 선장 말고 바람이라고 해주세요. 휘파람이니까요.

서솔 네. 그래서 지금 휘파람을 타고 미지의 세계로 가고 있는 것이죠. 어디인지는 모르겠지만 아무튼 가고는 있다.

휘수 저한테는 '독자들이 꼭 봐야 하는 나의 작품 혹은 안무'를 물어봤는데, 저는 이걸 물어볼게요. 죽기 전에 만들고 싶은 작품이 뭔가요? 신이 와서 '너는 이제 곧 죽는다. 불후의 명작을 남기고 너의 삶은 끝난다.' 한 거야. 그럼 뭘 만들까?

서솔 그럼 저는 장편 소설을 쓰고 싶어요.

휘수 혹시 어떤 소설일 것 같나요?

서솔 내 인생의 정수(精髓)가 담긴…?

휘수 정수가 담긴 소설이라는 게 어떤 건가요?

서솔 사람에게는 한 번씩 인생이 바뀌는 변곡점이 있다고 생각하는데, 제 인생에 있어서 첫 번째 변곡점은 중학교 2학년 때 밤을 새워서 소설을 읽었던 순간이란 말이죠. 그래서 다른 사람에게 그런 경험을 내 소설을 통해 느껴보게 하고 싶다. 서솔 인생의 정수가 담긴 글이 누군가의 변곡점이 되는 거죠. 왠지… 영상으로는 안 담길 것 같아요. 글만이 할 수 있는 영역이라는 생각이 들어요.

휘수 좋습니다. 다음은 각오에 관한 질문인데요. 저는 모든 예술가가 각자 내면의 예술가를 책임지면서 산다고 생각하거든요. 예술가로서만 인생을 살아가기에는 너무나 벅찬 세상인데, 내면의 예술가에게 건네는 각오를 말씀해 주시면 어떨까요?

서솔 '해방해 줄 때까지 조금만 기다려다오….'라고 말하고 싶어요.

휘수 왜요? 지금 말씀하신 해방이 뭔가요?

서솔 지금은 족쇄에 묶여 있는 느낌이 들어요.

휘수 여러모로 시간을 많이 못 써주나요, 그 친구한테?

서솔 네. 시간도 안 쓰고요, 돈도 안 씁니다. 지금 이렇게 책을 쓰고 있는 시간 이외에는 전혀 투자하지 못하고 있다는 걸 나 자신도 알고 있어요. 뭐랄까, 계약서로 인해 반드시 가져야 하는 창작의 시간이 주어지는 것만으로도 감사한 삶이라는 생각이 들어요. 그것이 자본주의적 예술이겠지요.

휘수 그렇다면 그 해방은 언제쯤이라고 예상하십니까?

서솔 서른다섯 살?

휘수 그 친구를 완전히 해방해 주는 나이가?

서솔 왜냐면, 캐나다 워킹홀리데이를 갈 수 있는 나이가 35세로 상향되었기 때문에 해외에 가서 창작하고 싶은 희망을 다시 가져봤거든요.

휘수 재밌겠군요. 마지막으로 본인을 한마디로 표현한

다면?

서솔 ‘다재다능한’.

휘수 다재다능한?

서솔 ‘다재다능한’까지만 말하고 싶어. 그 뒤의 명사는 앞으로 붙이기 나름인 거죠.

서솔의 이브닝 노트

- 비록 세상은 움츠려 있더라도

새벽 3시부터 5시까지의 호랑이

- 새벽 3시

세상이 움츠러들어 있는 시간, 어둠 속에서 맹렬히 빛나는 호랑이의 눈이 보인다. 몸이 3m쯤 되는 이 호랑이는 아주 짙은 갈색 위에 검은색 물결무늬 털로 뒤덮여 있다. 방금 사냥에 실패한 호랑이는 쉽사리 잠들지 못하고 지난날을 되돌아보고 있다. 동물의 왕으로 군림하는 호랑이라지만, 순간의 선택이 그날의 모든 것을 결정한다는 건 변하지 않는 사실이기에 호랑이 역시 뜬눈으로 새벽을 지새우는 날들이 많다. 호랑이의 수명은 25~30년이지만, 어려서 겪은 일을 늙어서까지 기억해 내는 높은 지능 덕에 회한도 많은 동물이다. 그래서 이 호랑이는 오늘도 바위에 차분히 몸을 뉜 채 새벽의 공기를 귀담아듣고 있다.

같은 시간, 당신 역시 새벽의 부스러기들을 안은 채 뒤척이고 있다. 어둠이 짙게 내린 시간이지만 창문 밖의 가로등이 깜빡이고, 이따금 자동차의 헤드라이트가 방 안을 밝게 비추는 탓에 사뭇 잠들기가 어렵다. 당신은 빛을 피하고자 안대를 써보지만 마음속의 전등까지 끄기는 어렵다. 철저히 빛과 멀어져야 하는 시간이건만 당신의 방은 오히려 환해지기만 한다. 인공적으로 세상을 밝히는 빛들이 야속하다. 오늘 낮에 뱉었던 말 한마디, 샀던 물건 하나, 보냈던 메시지 하나가 한데 뒤얽혀 마음에 새겨진 무늬는 호랑이 털에 새겨진 무늬보다 더 복잡하고 날카롭다. 무형의 말들이 되돌아와 당신의 마음을 찌르고 있다.

- 새벽 4시

호랑이의 새벽은 여전히 바쁘다. 독립된 (혹은 고립된) 개체로 살아가는 호랑이에게는 다른 이들에 방해받지 않을 황혼이나 새벽의 사냥이 오히려 쉽다. 야행성 동물이기 때문이다. 오늘도 뜬눈으로 사방을 주시하는 호랑이는 다음 사냥을 위한 힘을 비축하고 있다. 잔뜩 움츠린 몸에서 배고픔이 묻어 나온다. 지난 성공에 취해 사냥을 게을리한 탓에 먹지 못한 날이 오늘로 10일째가 되었다. 불안감에 털이 빳빳하게 선다. 찬 새벽 공기가 털 한 올 한 올을 건드리고 있다. 새벽이슬에 콧등은 축축해진 지 오래다. 이빨 사이로 뿜어져 나온 숨이 콧등 위에 얹힌다.

저 먼 곳에서 호랑이의 하울링이 울리고, 당신의 피부에도 땀이 송골송골 맺히고 있다. 창밖에서 갑자기 울린 사이렌

소리 때문이다. 당신은 소리가 들리자마자 눈을 덮고 있던 안대를 벗으며 소스라치게 몸을 일으킨다. 소음의 주범은 주차장에서 울린 자동차 경보음이었다. 도대체 누가 이 시간에 남의 차를 함부로 만진 걸까? 당신은 허망하게 쏟아지는 창문 너머의 자동차 헤드라이트를 쳐다본다. 두 평 남짓한 방의 시간은 오후 4시로 왜곡되었다. 그러나 지금은 모두가 잠들기로 약속한 시각인 새벽 4시. 모두가 잠든 이 시간을 방해하는 빛과 소리를 무시하고 다시 눕기가 쉽지 않다. 당신은 이렇게 해가 밝아오면 어떡하나, 슬슬 불안해하며 몸이 움츠러든다.

- 새벽 5시

그렇게 당신에게 5시라는 시간이 찾아온다. 움츠러든 몸 위로 잠들지 못했다는 불안감과 좌절감이 드리운다. 감은 눈 위에 앉은 어둠이 사라질까 봐 겁이 난다. 빛을 두려워하는 마음이 공교롭게도 지난날의 두려움을 몰고 당신을 찾아온다. 당신은 두려움을 머릿속에서 걷어내려 애를 쓴다. 헤드라이트가 비췄던 자리엔 어느새 빗자루 소리가 들린다. 쓱쓱, 플라스틱 빗자루가 시멘트 바닥에서 낙엽을 쓸어내는 소리다. 해가 뜨지도 않은 시간, 누군가의 하루가 시작됐다. 당신의 어제는 아직 끝나지 않았는데 타인의 내일이 벌써 시작되었다는 생각에 당신은 날짜와 시간의 경계선 위에 누워 있다고 생각한다.
지금 내가 누워 있는 새벽 다섯 시는 어제일까, 오늘일까, 내일일까? 당신은 날이 밝아온 뒤 해야 할 것들을 곱씹어 본다. 밝아올 아침에 해야 할 것들을 생각해 보니 잠들지 못했다는 좌절감보다 오히려 살아 있다는 안도감을 느낀다. 탁탁, 빗자루에 끼인 낙엽을 터는 듯한 소리가 들리고 세상은 다시 고요해진다. 공기가 조용해지자, 당신은 드디어 얕은 잠에 빠진다.

바위에 걸터앉은 호랑이는 서서히 해가 올라오는 소리를 듣고 있다. 아직 해를 눈에 담지는 않았지만, 지천 밖에서 들리는 해의 움직임이 귓가에 들린다. 해의 소리를 듣는 건 호랑이의 본능이다. 호랑이는 쉴 새 없이 귀를 쫑긋거리며 해가 뜬 뒤 다시 100km를 이동하며 넓힐 자신만의 영역을 떠올린다. 주변엔 아무도 없는 철저히 혼자만의 여행.
이 여행의 종착지에 무엇이 있는지는 모르지만 해가 뜨면 호랑이는 또다시 다른 곳을 찾아 떠나야만 한다. 미궁 혹은 숙명. 정해지지 않은 길을 떠나야만 하는 호랑이에겐 매일 매일이 도전이다. 살아온 길이 그대로 저장된 호랑이의 머릿속엔 범생의 지도가 펼쳐져 있다.
해가 뜨면 해야 할 것, 해가 질 때까지 해야 할 것, 그리고 암흑이 드리워질 때 해야 할 것. 해의 움직임으로 돌아가는 호랑이의 삶은 그 누구보다 치열하다. 조금 뒤 세상에 붉은빛이 어둠을 이기고 올라올 때면, 호랑이는 힘껏 웅크려 있던 허리를 펴고 세상에 소리를 낼 것이다. 내가 여기 있노라고. 그리고 오늘이 시작되었다고.

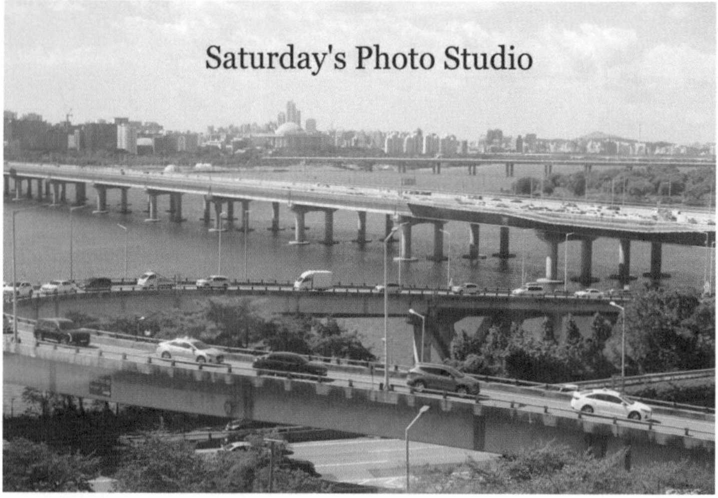

다재다능의 사진

예술만 하면서 살려면 얼마가 필요할까?

서솔　돈이 얼마나 있으면 은퇴할 수 있을까요?

휘수　어떤 은퇴죠?

서솔　백날 천 날 춤만 추면서 사는 거지.

휘수　물론 다다익선이겠지만…. 약간 아껴서 살 생각을 해야 하는데 예산이 계속 늘어나네….

서솔　고민이 기네.

휘수　최소한을 생각해도 50억.

서솔　나는 300억. 돈이 돈을 굴려야 하므로 그 정도는 있어야 할 것 같아.

휘수 역시 저보다 통이 크시네요.

서솔 300억 정도는 있어야 마음 놓고 원하는 걸 만들 수 있지 않을까 싶은 거지.

휘수 원하는 걸 만들고 싶다는 거지, 일을 아예 안 하겠다는 소리는 아니니까.

서솔 그렇게 해서 저는 나중에 문화 재단을 세우고 싶어요.

휘수 와! 저도요!

서솔 옛날부터 생각했던 꿈이에요.

휘수 신기하다, 나돈데.

서솔 거기서 예술가들을 발굴하고 기회를 만들고 싶어요. 돈 없는 예술가들이 하고 싶은 걸 할 수 있게 하는 기회. 옛날로 따지면 옛날에 이화학당 세운

선교사들처럼 그렇게 해보고 싶은 것이죠.

휘수 나도! 같이 하면 되겠군요.

서솔 좋은 생각이에요.

휘수 나중에 좋은 수가 있겠죠.

서솔 빌 게이츠처럼은 못 벌어도 어느 정도 벌면 재단 하나쯤은 세울 수 있지 않을까?

휘수 우리가 저번에 짧게 그런 얘기를 했었잖아. 예술가를 위한 메디치가나 왕정의 후원.

서솔 난 옛날에 돈 많은 예술가 작업실에 갔을 때 배가 아팠어. 나는 집에서 접이식 책상 펴놓고, 다리에 쥐 나면서 작업하고 있었거든. 그런데 돈 있는 분의 작업실에 갔더니 카페처럼 차려져 있는 거야. 천장에는 샹들리에 같은 조명이 막 달려 있고 대리석 바닥에 신발 신고 들어가는 그런 곳이었어. 부러워서 배가 아팠던 거지. 돈과 예술을 생각하면 그때가 꼭 생각이 나. 내가 가장 가깝게 현실에서 피부로 느꼈을 때라 그런가 봐. 한 예술가가 돈을 벌어서 이런 번듯한 데에 있을 수가 있구나, 이런 생각이 들었어.

휘수 지금 작업실 있잖아? 꽤 번듯하고.

서솔 화장실 공용이고 겨울에는 너무 추워요….

휘수 대단히 고급스럽고 번듯하기는 쉽지 않잖아.

서솔 늘 부족해. 물론 감사하지만 정확히는 나만의 창작실이 아니니까. 난 지금 내가 오롯이 창작하는 공간을 위해서 세팅해 놓은 공간은 없다고 생각하거든.

휘수 맞아, 나도 그렇네. 나만의 연습실을 가지고 싶어. 난 또 예민해서 더럽거나 지하에 있는 연습실은 싫거든. 번듯한 연습실은 시간 단위로 빌린다고 해도 너무 비싸. 그래서 연습실에서 멍 때릴 수가 없어. 안무하기 전에 연습실의 분위기에 적응하면서 멍 때리는 시간이 필요하거든. 연습실을 빌렸는데 최대한의 집중력을 가지고 연습하지 않으면 비효율적이잖아. 멍 때리는 시간은 사치지. 사람이 모이려면 공간이 필요하잖아. 하다못해 메타버스라도 있어야 하는데, 그걸 가지기가 힘들지. 사람 모일 공간은 무슨, 혼자 연습할 공간도 가지기가 힘들어. 아무 곳이나 가기는 싫고. 딜레마야.

서솔 난 그런 생각 많이 한다. 고흐는 사후 세계에서 본인의 그림이 이렇게 유명해지고 비싸게 팔린다는 사실을 알고 나면 행복할까? 불행할까? 살아생전 한 푼도 못 벌었던 예술가들이 꽤 있잖아. 고흐가 대표적이고.

휘수 그렇죠.

서솔 그런 예술가들은 죽고 나서 이런 사실을 알면 행복할까, 아님 배 아플까? 살아생전 얻은 부와 명예는 아무것도 없잖아.

휘수 저는 고흐의 미술적 가치와 가격에 그 사람의 생애까지 포함되는 거라고 생각해요. 불우한 생애, 죽음까지도 미제로 남은 애처로운 예술가. 고흐의 생애를 빈곤 포르노처럼 소비하는 사람들도 있잖

아. 목숨이 끊어진 순간, 임종까지가 고흐의 작품을 수식하는 것처럼 보여.

서솔 불우한 생애까지 그림값에 포함된다. 맞는 말이야. 그래서 고흐는 지금 이 사실을 알았을 때 좋을까, 싫을까? 그래도 좋겠지?

휘수 어리둥절하면서 좋을 것 같기도 한데… 조금 기분 나쁠 수도 있지 않겠어? 한 번도 고흐 자신을 있는 그대로 받아들여 준 적 없잖아. 살아서도 죽어서도.

서솔 살아생전에는 아무도 관심 없었고 누군가 작품에 주는 관심이라고는 비난과 욕밖에 없다가 지금은 거의 찬양하니까.

휘수 억울하겠다.

서솔 지금으로 치면 악성 댓글 때문에 미쳐서 귀까지 자르고 죽는 순간까지 내 옆에 있어준 건 동생뿐이었던 건데, 너무 억울할 것 같아. 작품을 인정받아 좋긴 하겠지만, 만약에 내가 고흐였다면 억울해서 어떻게든 환생하고 싶을 것 같아.

휘수 난 이승을 쳐다보지 않을 것 같아. 너무 질려버려서. 내가 고흐라면 "저는 다시는 환생하지 않겠습니다." 하고 신에게 단호하게 말할 거 같아.

서솔 스물다섯 살 때는 창작만 하면서 살아보려고 했거든. 예술만 하고. 계속 그렇게 살았으면 지금 내 통장 잔액이 얼마일까?

(잠깐 흐르는 침묵.)

서솔 예술 하면서 돈 때문에 가장 서러웠던 게 언제야?

휘수 서러웠을 때가 정말 많았을 텐데 생각이 잘 안 나네. 돈과 나의 작업을 분리하지 않으면 버티기 힘들어서 그런 것 같아. 애정을 쏟은 작업의 급여로 푼돈을 받으면 작품의 가치가 그 정도밖에 안 되는 것처럼 느껴지잖아. 사회 생활도 많이 하고 사업도 해본 입장에서 내가 받은 임금이 얼마나 헐값인지 계속 인식하게 되고.
나는 얼마를 받든 이걸 해내야 해, 이렇게 최면을

걸면서 했던 세월이 긴 것 같아. 내 작업을 금전적 가치로 환산하는 걸 일부러 지양한 거지. 상처받지 않으려 애쓰는, 자본주의 안에서 예술 하는 사람으로서. 하지만 그때나 지금이나 내 작품이 돈으로써 인정받길 원하지. 가장 대중적이고 명확한 방식이니까! 내가 아는 세상에서는. 그러므로 다른 일로 돈을 버는 걸 멈출 수 없는 거야. 거기서부터 자유롭기 위해서.

서솔 돈 없이 예술을 할 수가 없다는 게 가장 문제야. 어떤 장르든지.

휘수 경기가 안 좋아지면 어느 나라든 문화예술 예산부터 깎아. 그리고 국가 전체 예산에서 1% 미만으로 책정하는 경우가 많아. 문화예술 예산을 전체의 1% 정도를 주는 데가 대표적으로 프랑스 정도? 올해 우리나라 문화예술 예산은 전체의 0.2% 정도이더라고. 이 말을 왜 하냐면 예술은 기본적으로 돈이 필요한데 돈을 벌기는 또 힘들잖아? 예술이라는 건 인간의 삶의 질을 위한 거고, 문화예술의 중요성은 누구나 안다고. 그게 있어야 인간이 더 인간다움을 유지하면서 산다는 걸.

지금 현대사회에서는 인간의 기본권을 위해서 문화예술을 국가가 지원해 주는 거란 말이지. 하지만 이게 먹고사는 문제와 그렇게 관련이 없다 보니까 경기가 어려워지면 문화예술 예산이 깎인다고. 그리고 사람들의 관심도 없어져. 경기가 나빠지면 여자 치마가 짧아진다는 소리가 있을 만큼 자극적인 어떤 걸 원하게 되니까. 고상하고 재미없고 깊게 오래 들여다봐야 하는 예술일수록 더 인기가 없어지는 거지. 사회가 불안정할수록 그런 것 같아.

서솔 그래서 내가 재단을 만들고 싶다는 생각을 했던 것 같아. 문화예술 예산이 깎이든 말든 일반적으로 먹고사는 문제와 상관이 없지만 예술가들이 먹고사는 문제와는 상관이 있잖아.

휘수 경기가 나빠지면 잘 벌던 사람들도 힘든데 가난한 예술가들은 얼마나 힘들겠어. 지원 예산 같은 게 줄어들면 그들에게 얼마나 큰 타격이겠냐?

서솔 생계를 위해 여러 가지 일을 하는 사람은 절대적인 시간과 노력을 예술에 투입하기 어렵잖아. 온전히 예술에 집중할 수 있는 재력을 가진 사람만 이 영광을 누릴 수 있는 것 아닌가 싶기도 하고.

휘수 지원받는 게 쉽지도 않아. 지원 사업 나도 많이 신청해 봤거든.

서솔 아까 얘기했던 작업실 갔던 때 있잖아. 그때 내가 지원 사업에 선정돼서 공공 예술팀에 있을 때 회의하러 간 작업실이었거든. 최근에 똑같은 지원 사업 공고를 봤는데 아직도 지원 금액이 월 120만 원으로 그때랑 똑같은 거야.

휘수 몇 년도인데?

서솔 2018년. 6년 동안 한 푼도 안 올랐더라고.

휘수 120만 원으로 뭘 할 수 있냐, 이 고물가 시대에….

서솔 저번 주말에 영화과 동기에게 요즘 독립 장편 예산이 얼마인지 물어봤거든. '요즘엔 4억에 끊어.' 라는 대답을 들었어. 이것도 결국 지원 사업을 못 따면 못 찍는다는 얘기야. 4억이 어디서 나오겠어?

휘수 독립 장편이? 뭐가 그렇게 많이 드는 걸까?

서솔 제일 많이 드는 건 인건비. 예산 때문에 빨리 찍으면 12회차 만에 끊기도 한다고 하더라고.

휘수 영화에 찍어야 하는 신이 최소 몇 개야?

서솔 장편 기준 60개는 되지, 보통.

휘수 12회차면 하루에 장면을 다섯 개나 찍어야 하네.

서솔 그 정도는 찍어야지.

휘수 다섯 개를 어느 세월에 찍냐? 유튜브 영상 20분짜리 하나 찍어도 1시간 반에서 2시간은 찍어야 하는데.

서솔 그래서 프리 프로덕션을 최소 6개월씩 하는 거지.

휘수 6개월씩 총연습하고?

서솔 모든 걸 세팅해 놓고 현장에 가서는 계획한 대로 찍기만 해야지. 조명 세팅도 빨리해야 하고. 다 미리 생각해야 해.

휘수 되게 촌각을 다투겠네. 예술도 결국 돈이 문제야. 무대나 영상이나 돈을 투자하면 그만큼 때깔이 다르긴 하잖아. 보는 사람들은 얼마나 돈이 들었고 얼마나 노력했는지는 모르겠지만, 보는 눈들은 너무 높고.

서솔 그러므로 어설프게 내놓기 싫고.

휘수 "돈 없는 티 난다." 이런 평가는 쉽잖아. 나도 영화나 뮤직비디오나 이런 고예산의 작업은 자세히 모르지만, 소비하는 처지에서는 그런 게 보이거든. 의상이 너무 안 바뀐다거나, 뮤직비디오에 나오는 장소가 하나라거나.

서솔 돈 어지간히 없나 보다, 하고 쉽게 말하게 되지.

휘수 돈을 많이 써도 거지 같은 작품이 정말 많은데.

서솔 예술을 하면서 돈이 없다는 건 어느 순간에 수치스러운 일이 된 것 같아. 돈 없는 티 난다는 게 듣기 좋은 말은 아니잖아.

휘수 대자본이 들어가는 예술과 그렇지 않은 예술 작품이 약간 분리되는 것 같다. 같은 영상을 두고 이야기해 보자면 영화나 가수들의 대단한 뮤직비디오 말고 누구나 찍을 수 있는 릴스나 쇼츠도 많이 소비하잖아. 릴스를 보면서 돈 없는 티 난다는 사람은 아무도 없으니까. 이건 유튜브, 릴스도 예술이냐는 질문이 선행되어야겠지만.

서솔 그렇네. 예술가에게 생계 유지 수단으로서의 돈과 작품 활동을 위한 자본은 그 영역의 차이가 크겠는데.

휘수 맞아. 만약에 가난한 소설가에게는 생계 유지 수단으로서의 돈과 작품 활동을 위한 최소한의 자본은 거의 차이가 없을 수도 있어. 일단 살아야 글도 쓰니까. 그리고 살아내기만 한다면 글은 큰돈 없어도 티가 잘 안 나니까.

서솔 어쩌면 확실한 기준 없이 자본을 욕망하고 있었던 걸 수도 있겠다.

휘수 그렇네. 창작할 때 돈은 확실히 필요해. 그렇다면 얼마가 최소한으로 필요한가에 대한 답을 찾다 보면 그렇게 큰돈이 없어도 되는 건 아닐까. 내 삶의 가치관과 영위하고 싶은 삶의 방식과 연관이 있네. 누군가가 나에게 "어디서든 춤은 그냥 출 수 있는 것 아닙니까? 당신에게 필요한 건 당신의 몸이면 되는 것 아니에요?"라고 물으면 할 말이 없다. "그래도 저는… 꽤 괜찮고 나름 쾌적한 연습실에서 더 좋은 안무가 나온다고 믿어요…." 이렇게 주눅 들어 말할 것 같아.

서솔 나도 번듯한 작업실에서 훨씬 창의적이고, 온전히 집중할 수 있다고 생각해. 아직 그런 작업실은 없으니까, 상상해 보자면 그럴 것 같은 거지.

휘수 확실한 건 먹고사는 데 문제가 없으면 예술은 어떻게든 할 수 있다는 거야. 얼마나 잘 먹고 잘 살고 싶은지가 중요하지. 인정해야겠다.

서술 뭘?

휘수 잘 먹고 잘살고 싶어 하는 욕심쟁이라는 걸.

서술 나도 마찬가지야.

서솔의 이브닝 노트

- 월 120만 원의 예술

어떤 하루의 끝에는 돈의 환영이 밤하늘에 가득 찰 때가 있다. 집으로 돌아오는 길. 화려한 거리를 바라보며 떠올리는 문장. '10년 뒤 나는 어디에 살고 있을까.' 막연한 생각은 두려움으로 바뀌고 두려움은 집까지 동행한 뒤 잠자리까지 따라와 밤을 무겁게 누른다.

2018년부터 2년 동안 한국예술인복지재단에서 진행하는 참여예술인 파견 사업에 참여한 적이 있다. 공식적으로 인증된 예술인을 기업에 파견하여 예술 프로젝트를 진행하는 사업이었다. 분명 번듯한 이유를 대며 사업 신청서를 작성해 활동했지만, 이실직고하자면 돈이 필요해서 참여했다. 사업에 참여하면 활동 비용으로 매달 120만 원이 들어왔고, 그건 분명 큰돈이었기 때문이다. 당시 나에게는 그 돈이 절실히 필요했다.

여기까지 쓴 뒤 이 사업이 어떻게 변했을지 궁금해졌다. 솔직하게 '월 120만 원의 금액이 얼마로 바뀌었을까?'가 궁금했다는 표현이 더 맞겠다.

2022년 모집 요강을 열어보니 '240만 원'이라는 숫자부터 보였다. 4~5년 사이 2배가 뛴 임금이라니, 생각보다 잘 되고 있잖아? 생각하자마자 그 앞에 붙은 '격월'이라는 단어가

눈에 띄었다. 격월 240만 원. 결국 월 120만 원이란 소리인데, 이게 무슨 말장난이야? 2018년과 같은 활동비가 적혀 있을 것이라고는 상상하지도 못했다. 미쳐버린 물가 상승률, 난방비 폭탄, 택시 요금 인상… 다양한 돈의 메아리가 울려 퍼졌다. 2023년 1월의 밤이 지나가고 있다.

휘수의 모닝 페이지
- 헝그리 정신은 사양합니다

(2020~2022년 서솔과 휘수는 다른 두 친구와 함께 옷 브랜드를 운영했다. 그리고 2022년 7월 사업을 접었다.)

마지막 할인 판매를 했다. 재고를 정리하며 말했다.
"우리 옷 진짜 예쁜데. 그렇지?"
서솔이 웃었다. 잠시 생각에 빠지더니 입을 열었다.
"나도 얼마 전에 생각해 봤는데, 나는 내 아트 워크를 옷이라는 매개로 표현하고 싶은 사람이었어. 옷 디자인이라는 건 다른 문제인데 그걸 몰랐던 거야."
창작자로서 옷을 매개로 우리를 표현하고자 했던 건 후회하지 않는다. 다만 의류 브랜드를 시작해 놓고 사업이 아니라 창작에 몰두한 것이 잘못된 접근이었다는 걸 알게 되었을 뿐이다. 사업을 실전으로 배웠다. 통제할 수 있는 선에서 잘 정리한 것만으로 괜찮은 성취라고 본다. 극적인 실패 혹은 대단한 성공, 이 둘만이 꼭 사업의 결말은 아니니까. 내 인생을 구성하는 폴더 가운데 새로운 폴더인 '의류 사업'이 생성되었다. 이 브랜드를 그만둔다고 해서 그 폴더까지 휴지통으로 넣어버리는 건 아니다. 다시 열어서 어떤 걸 하게 될지는 모를 일이다.

현대 사회에서 예술가는 필연적으로 사업가가 되어야만 한다. 예술에는 돈이 들고, 돈을 벌기 위해서는 본인의 예술적 능력을 이용하여 돈을 버는 것이 가장 오래 지속 가능한 수입원일 거다. 돈만을 위한 일을 해도 되겠지만 예술가에게 시간은 작품을 만들기 위한 재료 중 가장 소중한 것이기에 아끼면 아낄수록 좋다.

사업가들은 식사 자리에서 예술을 논하고 예술가들은 식사 자리에서 돈을 논한다는 말이 있다. 예술가가 예술을 생각하는 건 당연하지만 돈을 버는 것 또한 꼭 필요한 것이다. 내 목표는 '돈 많은 예술가'다. 헝그리 정신을 가질 일은 되도록 없었으면 한다.

Compete
Keskerakond trugib

Calder
Royal Academy of Arts
MATISSE
JILSANDER
NEWSPAPER
FRESH AIR
Compete

스튜디오 포비피엠 룩북

명상이 필요해

서술 명상이 뭐라고 생각하세요?

휘수 명상이 뭘까… 바로, 지금, 여기, 나?

서술 (교과서적인 표현에 웃음을 터뜨린다.)

휘수 명상에서 현재를 느끼는 걸 중요하다고 하잖아. 나는 보통 호흡 명상을 하는데, 그게 대중적인 이유가 있어. 제일 쉽거든. 호흡에만 집중하는 거야.

서술 말 그대로 호흡에만 집중하는 건 할 수 있지. 그렇다고 해서 생각이 사라지고 마음이 비워지고 이런 거는 잘 모르겠던데… 내가 너무 둔한가?

휘수 생각보다 명상 기법이 진짜 많단 말이야. 호흡 명상도 있고 비워내기, 마음 챙기기… 종류가 되게 많아. 그런데 공통적으로는 생각을 없애는 게 명상이 아니라 그냥 있는 그대로 바라볼 줄 아는 게 명상이야.

서솔 어떤 걸 있는 그대로 바라봐?

휘수 지금 나의 상태. 나의 시점이 조금이라도 과거에 있으면 우울해지고 후회하게 되잖아. 미래에 있으면 불안해지고. 현재에 있으면 모든 걱정이나 근심, 초조함, 불안함이 사라질 수 있다는 거지. 시점을 현재에 두고 유지하는 것만으로도 불안하고 우울한 감정에 대한 해결책이 될 수 있다.

서솔 나를 바라보는 시점이 현재에 있다는 거지?

휘수 맞아. 그래서 호흡 명상이 제일 명확한 거지. 지금, 내가 숨을 쉬고 있는 나를 느끼는 것. 들숨과 날숨의 반복. 요가에서 시키는 호흡도 명상이지.

서솔 그럼 난 명상하고 있는 거였네? 특히 인 요가에는 한 동작을 1분 정도로 오래 유지하면서 호흡 소리를 계속 듣게끔 하는 동작이 있더라고.

휘수 그렇기도 하고, 요가에는 중심을 열심히 잡아야 하는 동작이 있잖아. 다른 생각을 하면 무너지는 동작. 그런 게 명상 상태가 아닌가 싶어.

서솔 명상은 결국 생각과의 싸움인 거네.

휘수 생각을 지워내는 건 아닌 느낌? 명상 가이드를 들어보면 떠오르는 생각을 여러 가지로 비유하더라고. 구름이나 파도에 비유하기도 하고. 생각을 흘러가는 대로 바라보라고 해.

서솔 맞는 말이네.

휘수 파도는 밀려왔다가 돌아가니까 그걸 내가 막는다고 막을 수 있는 게 아니잖아. 아, 고속도로를 바라본다고 생각하라는 가이드도 들어봤다. 고속도로를 달리는 차를 바라보는 거지. 고속도로에서 달리고 있는 차를 내가 쫓아갈 수 있나? 못 쫓아가니까 그냥 그 차가 지나가기를 바라고 있는 것 같은 상태로 생각을 흘려보내는 거야.

서솔 난 옛날에 잠들려고 하는데 잡생각이 많으면 청소부가 큰 대걸레 같은 걸로 생각을 밀어내는 상상을 하고 그랬는데.

휘수 신기하다. 거인 청소부가?

서솔 응. 그 광경을 내가 위에서 내려다보는 시점인 거지. 부감으로 청소부가 머릿속을 쓸어내면서 지나가는 거야. 되게 어릴 때부터 그려본 장면이야.

휘수 재밌는 상상이다. 어릴 때부터 그런 생각을 했으면 명상 고인물 같은데? 내 심리 상담 선생님이 그런 얘기를 했었거든. 나에 대해서 더 잘 이해하게 되면 타인에 대한 수용이 높아진다고. 본인을 모르면 타인에 대한 수용도 떨어진대. 나를 아끼고 나에 대해서 계속 인지하고 알아갈수록 타인이 이해된다는 거야.

서솔 타인을 이해하는 게 제일 어렵지.

휘수 맞아. 그런데 본질적으로는 나를 더 잘 이해하게 돼서 좋아. 예전보다 화도 덜 나는 것 같고. 나 옛날에 운전하면서 혼자 소리 질렀던 적 정말 많거든. 막히는 게 너무 짜증 나니까. 레슨을 한창 다닐 때 늦을까 봐 불안해서 그런 적 되게 많았어.
명상을 시작하고 나서는 안 그래. 결과적으로 그 상황에서 내가 10분만 빨리 나왔으면 그런 일이 없었을 거잖아. 그런 원인을 분석하고 나서 '내가 지금 여기서 화를 내서 좋을 게 있는가?' 생각해 보면 좋을 게 없는 거지. 이런 식으로 하나하나 계속 인지하게 됐어.

서솔 아침에 명상한다고 하면 '명상을 해요?' 하면서 놀라는 사람은 없어?

휘수 있어. 약간 그렇게 생겼나 봐.

서솔 명상은 안 하게 생겼다고 생각해. 약간 날라리 같은 이미지잖아.

휘수 많이들 날라리로 보지.

서솔 맞아, 그래서 내가 처음에 놀랐지. 진짜 날라리 같았는데, 매일 아침 7시에 출근해서 자정에 퇴근하더라고.

휘수 나의 성실함에 놀랐었지.

서솔 혹시 명상러들은 성실한 게 공통점이려나?

휘수 얼마 전에 지인 모임에 갔는데 그중에 한 분이 명상을 하시더라고. 보이차 바에 갔는데 주인이 목사님이셨던 거야. 우리가 명상 얘기를 하고 있던 찰나에 '사장님은 명상 안 하세요?' 했더니 안 한대. 난 종교인들은 다들 기본적으로 명상을 할 거라는 편견이 있었다고 말하니까 종교마다 명상이 있대. 명상, 종교, 운동 이런 건강한 것들. 그런 건 다 비슷한 것 같아. 옛날엔 사람들이 종교 생활을 왜 하는지 몰랐거든? 명상을 하면서 갑자기 어떤 신을 봤다, 이런 건 아닌데…. 도를 아십니까 같은 것도 아니고….

서솔 혹시 방언이 터졌어?

휘수 내가 절대적이라 여기는 존재와 명상같이 평안함을 위한 시간을 함께하면 든든하겠다는 생각이 들더라. 명상하면 계속 나를 인지하고 살아 있음에 감사하는 마음을 가지라고 한단 말이야. 신의 이름으로 그런 얘기를 들으면 더 쉽게 안정감을 가질 수도 있겠다 싶어. 그래서 다들 힘들 때 종교를 가지나 봐.

서솔 그런 생각을 해본 적은 없는데 그럴 수 있겠다.

휘수 운동도 몸에 집중하면서 생각을 비워내는 과정인 것 같아. 뛰는 것도 그렇고, 걷는 것도 그렇고.

서솔 운동을 하면 생각을 덜 하게 되는 건 맞아. 백 스쾃 하면서 오디오북 들어보려고 했는데 하나도 안 들리더라고. 내 움직임에 집중하느라고 멀티가 전혀 안 돼. 한 글자도 안 들려.

휘수 이렇게 건강한 것들은 연결되어 있다는 느낌을 받아. 이름만 다른 것 같아. 명상에서는 이렇게, 요가에서는 이렇게, 심리학에서는 이렇게. 핵심은 다 비슷해. 나에게 집중하고 나를 인지하고 사랑하라. 어르신들이 나이가 들수록 본인의 건강과 삶의 안위를 위한 활동들을 많이 하시잖아. 밥을 잘 챙겨 먹는 것뿐만 아니라 종교가 있다면 종교 활동도 열심히 하시고 사교 활동도 열심히 하시고 그런 분들 많잖아. 왜 그런지 알겠어.

서솔 종교도 이해하게 되는 경지에 이르렀구나.

휘수 이왕 사는 김에 행복하게 살려고 하는 거잖아. 명상의 결과야. 나에 대해서 이해하고, 건강하고 행복해지려고 하다 보니까 사람들이 왜 그런지도 알게 되는 것 같아. 명상을 시작하길 정말 잘한 것 같아. 흩어져 있던 나를 다시 뭉쳐놓은 느낌이야. 조각조각 나 있던 퍼즐을 다시 맞춰놓은 느낌.

서솔 그렇게 생각하는 데 명상이 큰 도움을 줬다는 의미네.

휘수 지금 여기에 있는 나를 인지하는 게 모든 문제를 해결할 수 있는 출발점이다. 이런 문구를 얻게 된 것만으로도 성공이지.

서솔의 이브닝 노트

- 어수선한 아침, 막연한 밤

아침에 일어나 눈앞에 평화로운 환경이 펼쳐져 있는 것이 안정적인 감정을 느끼는 데 중요하다는 문장을 읽었다. 마땅히 옳은 말이 새삼스럽게 느껴진다. 정돈된 환경은 창작에 있어서도 매우 중요하다. 주변에 정신을 흩뜨리지 않고 오롯이 눈앞에 주어진 과업에 집중할 수 있는 주변 환경을 만드는 것. 그런데 안타깝게도, 집에서는 고개를 조금만 돌려도 어수선한 감정이 차오른다. 책상에 앉기만 하면 평소에는 잘 정리하지도 않았던 선반 위 물품들이, 주방에 가득 찬 식기가 떠올라 모니터 빈 화면에 아른거리기 일쑤다.
울렁이는 마음을 붙잡기가 어려워지고, 이렇게는 오늘도 글렀다고 생각한다. 작은 집을 벗어나 카페로의 탈출을 시도한다. 그러나 서울 도심의 카페는 나와 같이 저마다의 어수선함을 피해 탈출한 사람들이 가득하다. 앉을 자리를 찾지 못해 동네를 배회하던 나는 이내 지쳐버리기 일쑤다.

명상이 어려운 이유도 집에 가득한 어수선함 때문일까?
집의 용량을 초과할 정도로 많은 물품들이 토해내는 공기가 명상을 방해하는 것인지. 나는 아직도 명상하는 법을 모른다. 정신 건강을 위해 마음을 비워내고 긍정 확언을 하는 사람들이 많다는데 무슨 말인지 도통 와닿지 않는다. 모든 것이 제자리를 찾을 만큼 넓은 집에 살게 되면 명상의 어려움도 해결되는 것일까? 막연한 미래를 상상하는 밤이다.

휘수의 모닝 페이지
- 꼬리 칸의 아침

속이 시끄러워져서 일어난다. 생각이 포자처럼 피어나 머릿속을 덮으면 더 이상 잘 수 없는 상태에 이르러 눈을 뜬다. 해가 잘 들어오는 날엔 눈이 부셔 미간이 구겨진다. 잘 때도 선크림을 발라야 하는 것 아닌가 생각한다.

몸이 개운한 건지 아닌지 모호한 상태로 요가 매트 위에 앉는다. 두 눈을 감고 엄지와 검지를 닿게 한 후 손을 무릎에 올려놓는다. 고상하게 명상을 시작해 본다. 천성이 시끄러운지 생각을 멈추질 못한다. 냉장고 소리가 거슬려 노이즈 캔슬링 기능의 이어폰을 귀에 꽂아본다. 싱잉볼 소리를 듣는다. 자연의 소리와 가깝지 못해 문명의 끝인 무선 이어폰으로 훔쳐 듣는다.

영화 〈설국열차〉 속 열차 앞 칸의 울창한 숲처럼 아이러니하다. 명상하는 일은 꼬리 칸 탑승자가 가장 쉽게 앞 칸으로 환승하는 방법이다. 실제인지 아닌지는 눈을 뜨기 전까지는 모르는 일이다. 꼬리 칸의 소음은 노이즈 캔슬링되어 있으니까. 꼬리 칸 현실을 사는 삶은 너무 소란스럽다. 명상 가이드에서는 지금을 느끼며 호흡하라는데 나는 지금을 회피하려 명상한다. 명상은 어렵다.

갑자기 떠난 글쓰기 여행

그 안에서 찾은 낭만의 조각들

낭만을 가진 사람이 되고 싶어

휘수 낭만 하면 생각나는 게 세네갈에 갔을 때, 숙소 옥상에서 무슬림들의 기도 소리를 들은 적이 있어. 해가 정말 아름답게 지고 있었고 이해할 수 없는 언어였지만 여기저기서 들리는 기도가 낭만적이었어.

서솔 낭만적인 순간을 기억하는 키워드가 모르는 사람의 기도 소리라니, 신기하다.

휘수 그런데 잠시만… 내가 낭만에 대한 이야기를 하고 싶어 했는데, 막상 꺼내고 보니까 '낭만'이라는 게 뭔지 잘 모르겠어. 낭만이 영어로 로맨스, 로맨틱으로 번역되잖아. 보통 우리나라에서는 연애에 많이 쓰는 단어고. 뭔가 감정적이고 이상적인 걸 추구하는 상태를 낭만적이라고 표현하긴 하니까, 아름다운 장면을 보는 게 낭만이라면 낭만이네.

서솔 그럼 낭만은 시각적으로 아름다운 것에 방점이 있는 걸까?

휘수 또 그렇지도 않은 게, 학창시절의 낭만을 생각해 보면 어릴 때 제일 친한 친구랑 같이 걸어서 등교하던 게 내 낭만이었어.

서솔 나도 어릴 때 비 맞으면서 친구랑 집으로 걸어가던 순간을 굉장히 낭만적으로 기억해.

휘수 로망과 낭만, 이게 뭘까요? 내가 이 주제를 얘기하자고 했지만, 너무 헷갈리고 잘 모르겠어. 낭만이 영어로 로맨스인데 둘은 같은 게 아니잖아?

서솔 단어의 뜻이 혼용돼 있네. 두 단어가 같으면 안 되는 건데?

휘수 이상하잖아. '여자, 남자의 로망', '신혼부부의 로망' 이런 걸 얘기할 때 쓰는 로망이라는 단어는 실현하고 싶은 소망이나 이상을 얘기하는 거잖아. 여기 쓰여 있는 정의를 읽어보면 '낭만은 형식보다 정신의 우위성을 부여하며, 현실에 매이지 않고 감상적이고 이상적으로 사물을 대하는 태도나 심리'라고 되어 있어.

서솔 아예 다른 단어네.

휘수 철학적으로 쓰이는 낭만주의와 미학적인 낭만주의, 일상에서 쓰는 로맨스와 낭만, 전부 다 다른 단어 같은데? 너무 혼용돼서 쓰이는 거 아니야?

서솔 참 우리가 대화하다 보면 단어에 대한 의문이 많이 드는 것 같아. 근데 오늘 '낭만'이라는 단어가 가장 헷갈리네.

(조금 더 찾아보니 낭만의 한자어 '浪漫'의 유래가 일본 사람들이 '로망'을 원음에 가깝게 표기하기 위해 한자의 음만 가져온 것에서 비롯되었음을 알게 됐다. 일본 사람들은 '浪漫'이라고 표기하고 '도만'으로 읽는다고 한다.)

휘수 인간은 다들 이 단어를 추구하면서 살고 싶은 것 같거든. '로망'을 마음대로 쓰다 보니까 너무 많은 의미가 들어가 버린 거지. 이건 내 로망이고, 이건 내 낭만이에요.

서솔 낭만은 과거형이고 로망은 미래형이야. 두 단어의 시제가 달라. 여행지에서의 낭만을 얘기하면 갔다 온 뒤의 얘기고, 여행지에서의 로망이라고 한다면 다음 여행지에서 하고 싶은 버킷리스트의 느낌이 잖아.

휘수 끝나지 않는 말싸움은 보통 단어의 정의나 이야기의 범위가 달랐을 때 일어나잖아. 특정한 단어의 범위와 정의를 명확하게 하지 않으면 대화하기가 힘들어. 낭만이라는 단어가 특히 그런 것 같은데?

서솔 맞아, 모호해.

휘수 그 모호함이 또 낭만이기도 하다. 명확하지도 않고 모두가 다르게 받아들이는 단어니까.

서솔 코에 걸면 코걸이고, 귀에 걸면 귀걸이고.

휘수 형식에 매이지 않고, 정신의 우위성을 부여하는 단어. 그 모호한 문장 자체가 낭만이기도 하네. 그럼 형식이 없는 건 당연해졌고, '아침에 일어나 여유롭게 차 한 잔을 마시는 행위가 얼마나 낭만적이야?' 이렇게 얘기할 수 있지.

서솔 이어서 '차 마시는 사람이 되는 게 내 로망이야.'

휘수 그런가 하면 정반대의 상황이 누군가한테는 낭만일 수 있고. 아침에 빨리 일어나서 지하철을 타고 출근하는 게 누군가의 낭만일 수 있지. 바쁘게 사는 나만의 낭만적인 하루. 모든 날씨에서도 낭만이 느껴지는 것 같아. 몹시 더워도 얻을 수 있고, 몹시 추워도 얻을 수 있잖아.

서솔 비가 와도 얻을 수 있고.

휘수 해가 쨍쨍해도 얻을 수 있고.

서솔 구름이 많이 껴도 얻을 수 있고.

휘수 굉장히 개인적이고 모호한 단어네. 그래서 남의 낭만을 더욱 더 비웃으면 안 돼.

서솔 맞아. 내가 예전에 '다음에 이사 가는 집에서는 꼭 햇볕에 빨래를 말리고 싶다.'고 했더니 네가 나한테 낭만적이라고 했거든.

휘수 '따뜻한 햇살이 들어오는 순간이 내가 집을 고르는 가치다.'라는 애기니까, 낭만적인 거지.

서솔 그럼 '낭만적인 춤'이라고 하면 뭐가 떠올라?

휘수 영화 <라라랜드>가 생각이 나. 함께 추는 로맨스.

서솔 페어 댄스네? 혼자 추는 춤은 아닌가 봐?

휘수 페어 댄스가 가장 먼저 생각나고, 혼자 춘 춤 중에는 서솔과 같이 만들었던 <춤> 영상에서 내가 굉장히 낭만적이야.

서솔 그럼 혼자여도 되는 거네? 그 영상에서 낭만을 구성하는 요소는 뭐라고 생각해?

휘수 다양한 요소가 있는데, 우선 햇빛. 그리고 춤에 집중한 순간, 몸짓과 근육이 움직이는 걸 하나하나 느끼고 있는 무용수의 적절한 조화 등등.

(유튜브 '허휘슬' 채널의 <춤> 영상을 꼭 감상해 보시길 바랍니다. 180쪽 참고.)

휘수 이렇게 생각하니까 더욱더 낭만적으로 살아야겠어. 그렇지 않아? 낭만이라는 게 이렇게 개인적이고, 어떤 순간에서든 나만의 낭만을 만들 수 있는 거라면 낭만적이지 않을 이유가 없겠다.

서솔 이야기하다 보니 굴렁쇠 소년이 생각나.

휘수 왜?

서솔 정오에 그림자가 가장 짧아진 시간, 88년 서울 올림픽이 개최지로 확정된 순간 태어난 아이가 이만큼 잘 자랐다는 걸 보여주는 세월의 시간. 그 이벤트의 모든 요소가 너무 낭만적이잖아. 88 올림픽 개막식 영상 본 적 있어? 우리는 그때 태어나지도 않았으니까 '굴렁쇠 소년'은 마치 '2002년 월

드컵'처럼 풍문으로 들었던 단어잖아. 유튜브에 올려져 있는 개막식 영상에서 그 유명한 굴렁쇠 소년 시퀀스를 봤는데, 음향 사고가 의심될 만한 '삐-' 소리와 함께 아주 어린아이가 굴렁쇠를 굴리면서 운동장을 뛰어가더라고. 그 장면이 운동장 풀샷에서 아이의 풀샷으로까지 들어가는데, 그 움직임과 소리를 전 세계에서 동시에 듣고 있을 거라고 생각하니까 자전하는 지구가 굴렁쇠 안에서 돌아가고 있을 것만 같은 느낌이었어. 실제로 봤다면 정말 경이로웠겠다 싶더라. 올림픽 개막식 같은 데 왜 그렇게 돈을 쓰냐고 묻는 사람들한테 보여줄 수 있는 최고의 교본이었어.

휘수 와, 영상을 본 적은 없는데 듣기만 해도 정말 낭만적이다. 나도 그렇게 인생에서 한순간 잊지 못할 낭만의 순간을 만들어 보고 싶어.

서술의 이브닝 노트

- 지구는 둥그니까

지구도, 태양계도, 우주를 구성하는 모두가 저마다의 궤적을 돌고 있다는 생각을 해요. 마찬가지로 우리 몸속 DNA도 나선형으로 회전하고 있죠. 우리 주변에는 회전하는 것들이 많고, 이것이 자연스럽게 느껴져요. 어쩌면 인간만이 인위적으로 직선을 긋는 것 같아요. 자연 속에서는 직선이 존재하지 않잖아요. 저 역시 인간 중심의 직선적인 음악이 아니라 자연에 맞는, 순리에 맞는 원적인 음악을 만들고 싶습니다. (류이치 사카모토)*

아주 어렸을 때 마당에 누워 무수히 떨어지는 별똥별을 본 적이 있다. 큰 모기장을 쳐놓고, 그 안에서 포도를 먹으며 밤하늘에 펼쳐진 별똥별을 놓치지 않기 위해 졸린 눈을 비비던 밤이었다.

나는 그 장면을 제삼 자의 시선으로 기억한다. 유성우의 꼬리를 놓치지 않기 위해 억지로 눈을 뜨고 있는 나의 볼록한 눈에 비친 까만 밤하늘과 빛나는 별들의 움직임. 포물선으로 등장했다 사라지는 별이 가득 찬 나의 눈. 차가운 이슬이

* 윤혜정, 《나의 사적인 예술가들》, 을유문화사, 2020년, 504p

잔디에 맺혀 있고 포도 냄새가 나는 새벽이었다.

우주를 생각하면 멈추지 않고 팽창하는 거대한 타원이 떠오른다. 셀 수 없이 많은 별과 은하, 그리고 그사이 어딘가에 떠 있는 창백한 푸른 점까지. 작은 입자들로 가득 찬 타원이 스멀스멀 움직이며 회전하는 상상이다.
고소공포증이 있어 우주선에 타고 싶은 마음은 죽어도 없는 주제에 끝없이 펼쳐진 우주에 대한 동경은 쉬이 꺾일 줄을 모른다.
얼마 전에도 '목성의 실제 소리' 같은 제목의 영상을 봤다. 나사의 보이저호가 목성을 지날 때 감지한 진동을 인간이 들을 수 있도록 변환한 영상이었다.
거대한 대척점의 움직임과 함께 재생된 소리는 신비스러우면서도 자못 공포스러웠다. 지구도 달도 별도, 각자의 소리가 우주에서 무한히 재생되고 있는 것은 아닐까? 그 소리가 어디까지 퍼져나가고 있을까.
내 상상력으로는 감히 '어디까지 퍼져나갈 것이다.'라고 이야기하기도 어렵다. 짐작할 수 있는 건 지나간 소리는 되돌아오지 않는다는 것. 흘러간 시간은 돌아올 수 없다는 시간의 불가역적 성질만이 아스라이 남을 뿐이다.

휘수의 모닝 페이지

- 바람이 시원해서 쓰는 글

영감을 어디서 얻느냐는 질문이 어려운 이유를 자주 생각해요. 영감은 실체가 없고 제게는 영감이라는 게 작품을 만들도록 하지 않거든요. 풍경이 아름다워 그린 그림, 사랑에 상처받아 쓴 글, 행복한 감정이 들어 추는 춤. 이런 순간이 내게도 있었을까요? 있었지만 기억하지 못하는 걸까요? 아무리 뒤져도 만들고자 하는 의지와 열심히 하려는 열정이 가득한 나밖에 나오지 않더라고요.

매일 같은 시간에 일어나 글을 쓴다는 무라카미 하루키의 루틴이 유명하죠. 한국의 모닝 루틴 열풍에 힘입어 직업으로서의 소설가의 삶이 다른 직장인의 삶만큼 녹록지 않다는 걸 많이들 알게 됐습니다. 하지만 그는 그렇게 살아도 집에 쌀 떨어질 걱정이 없겠죠. 일상에 지쳐 작품은 만들 엄두도 못 낼 때는 무라카미 하루키의 삶을 동경할 여유조차 사라질 때가 많아요. 그럴 때는 황홀경에 빠져 좋은 작품을 만드는 걸 꿈꾸죠.

하지만 이건 불평일 뿐입니다. 넋두리나 다름없어요. 의미없진 않습니다. 위의 한 문단을 쓰고 나니 마음이 조금 풀렸거든요. 예술가의 기질에도 엠비티아이(MBTI) 같은 성향이 존재한다는 걸 이제는 어렴풋이 알아요.

언젠가 공부법과 관련한 영상을 봤어요. 거기서 말하기를 성실한 건 능력이라고 하더라고요. 게으른 사람들의 공부법은 따로 있다고, 공부는 하면 되는 거라고들 하는데 틀렸다고. 공부하는 행위를 성실하게 하는 것 자체가 능력이라고. 이걸 인정해야 한다고. 저는 예술을 어떻게 하는 게 맞는 사람인지 아직은 모르겠어요. 그래도 성실과 게으름, 계획과 즉흥의 중간 어디쯤이겠거니 짐작을 해볼 뿐입니다. 그 사이를 오가며 결국 작품을 만들어 내면 되는 거니까요. 어느 한 쪽으로 너무 치우치지 않는 걸 선호하는 게 제 성향일 수도 있겠어요. 요 며칠 계획적으로 글을 쓰다 보니 오늘은 즉흥적으로 쓰고 싶더라고요. 이 글은 바람이 시원해서 쓰는 글입니다. 제게도 이런 순간을 만들어 줬습니다.

해외로 도피하여 글을 쓰던 그들의 노력 혹은 노동

서솔에게

안녕. 서솔. 너랑 나누고 싶은 생각이 있어서 편지를 써. 예술가들은 작품이나 자기 자신을 향한 평가에서 벗어날 수 없잖아. 인기, 명성이 곧 금전적인 부를 가져다주기도 하고 말이야. 내면적으로 외부의 평가에 영향을 받지 않는 예술가는 존재하지 않는다고 봐. 그렇게 보이는 사람이 있다고 해도 그건 위선 혹은 자기 최면 같은 게 아닐까. 그래서 예술가들 중에는 마치 엄마에게 칭찬받고 싶은 어린아이처럼 작품을 만드는 사람들도 많아 보여. 예술가에게 비평은 독과 같다고 생각해. 무용수의 몸을 굳게 하고 작가의 손을 마비시키고 배우의 얼굴에 가면을 씌워버리는 행위거든. 하지만 비평은 사라지지 않을 거란 걸 우리 모두 알고 있잖아. 결국 예술가로 살고 싶은 자들에겐 비평을 듣고 상처받은 후에 다시 잘 털고 일어나는 능력이 필수적인 게 아닐까? 이건 모두의 삶에도 적용되는 말이기도 하네. 그래서 삶은 예술이고 예술이 삶이라는 말이 있는지도 몰라. 아, 그리고 나는 네 글이 참 좋아. 따뜻해. 내 글은 가끔 되게 차갑다고 느껴지거든. 우리 둘의 글을 만난 이 책은 미지근하겠다. 누구에게도 자극적이지 않을 테니 누구라도 읽을 수 있겠다는 낙천적인 생각을 해봤어. 예술가에게 칭찬은 에너지가 되니까. 너에게 내 에너지가 전해지길.

2022년 8월 25일

너의 칭찬을 기다리는 휘수가

휘수에게

너의 편지를 읽고 이젤 앞에서 울던 어린이가 생각났어. 반원 모양으로 늘어진 이젤 행렬의 한가운데 서서 선생님의 꾸지람에 눈물을 흘리던 어린이의 죄목은 '이젤에서 그림 그리기 싫다'라고 뱉은 한 마디였어. 친구를 향해 속닥거리던 귓속말을 들은 미술 선생님은 '너처럼 거만한 아이는 처음 본다'며 불같이 화를 냈지. 책상 위 8절지에서 이젤 위 4절지로 승격시켜 줬는데, 시키는 대로 안 하고 불만이 많다는 게 이유였어. 어른에게 그렇게까지 혼나본 적 없던 열 살 남짓의 어린이는 말대꾸도 한 번 못 하고 손에 잡고 있던 붓을 내려놨지. 이젤 앞에 앉는다는 건 그 앞에 꼼짝없이 1시간 이상을 갇혀 있어야 한다는 뜻이었는데 엉덩이가 가벼운 어린이는 그 시간을 감당할 재능이 없었던 거야. 몇 년 뒤, 그 어린이는 미술에 뜻을 접게 되는데, 아마 그 사건이 결정적이었을 거야.

예술가에게 비평을 듣고 상처받은 후 다시 일어날 수 있는 능력에 대한 문장에 대입해 보니, 미술 학원에서 울던 어린이는 이젤 사건에서 회복되지 못했던 모양이야. 틀 안에 갇혀서 그림을 그리기 싫어하는 성정 하나만으로 미술의 영역에서 탈락해 버린 거지.

만약 그 어린이가 선생님의 칭찬을 포기할 수 없어 이젤 앞에 꾸역꾸역 앉아 있었다면 어떻게 됐을까? 수능이 끝난 뒤 미대 입시를 준비하기 위해 하루의 12시간을 꼬박 입시 미술을 준비하며 손가락의 지문이 다 닳은 미대생이 됐을까? 그러고 나면 그 미대생은 어떤 평가를 받는 사람이 되었을까?

나는 지금 일자로 뻗어 있는 우리의 인생에 중요한 진폭을 만드는 쐐기점들을 떠올려 보고 있어. 거기엔 칭찬도 있지만 비평도, 비난도 있지. 내가 사진을 찍게 된 결정적인 계기가 '너는 사진에 재능이 있다.'라는 사진학과 교수님의 한 마디였고, 네가 뮤지컬에 관심을 보이게 된 계기도 희곡을 읽던 순간 '휘수는 연기를 잘한다.'라는 선생님의 한마디 때문이었다고 했잖아?
우리가 지금 쓰고 있는 이 책도 누군가의 칭찬을, 누군가로부터는 비난을 듣겠지. 부정적인 평가는 어떤 모양으로든 심장에 상흔을 남기지만, 바라는 게 있다면 우리가 그것을 쐐기점으로 남기지는 않았으면 좋겠어. 나 역시 너의 글을 차갑기보다는 따뜻하다고 생각하는 편이니까, 읽는 사람들에게 부디 따뜻한 온기가 전해졌으면 해. 그렇다면 우리에게 오는 비평의 온도도 마냥 차갑진 않을 거야.

2023년 5월 31일

5월의 끝에서 여름을 맞이하는 서솔이

사랑하는 당신에게

당신을 사랑한다고 말하기 위해 당신이 얼마나 싫은지를 가늠했습니다. 진심으로 사랑한다고 말하고 싶은데 계속 목이 메는 이유를 찾아야 했거든요. 더, 더, 더 잘해주길 바랐던 게 화근이었을까요? 어릴 때 들었던 꾸지람을 아직 담아두는 속 좁은 인간이라 그럴까요? 자세히 보면 정말 사랑스러운 아인데 왜 그렇게 미워했는지 의아했습니다. 이야기 속 캐릭터에게 감정이입이 될 때는 그 인물의 결점을 알게 됐을 때입니다. 결핍은 매력을 만들죠. 어설픈 당신은 참 매력 있습니다.

너무 어른스럽지 마세요. 나이가 들었다고 겸연쩍어하지도 말고요. 당신은 어린 시절에 필요 이상으로 성숙했습니다. 어른이 되려면 채워야 하는 '어리광지수'가 있다고 생각합니다. 당신의 어리광지수는 아직 반도 안 찼어요. 조금 더 노력하여 철이 없길 바랍니다. 당신을 가장 어리고 순수하게 만드는 사람들과 시간을 보내세요. 성숙한 일처리와 어른스러운 처세는 잘하고 있습니다. 어린

'나'를 보호할 만합니다.
당신이 또 미워질 때가 있을 거예요. 그래도 너무 슬퍼하진 마세요. 이제 얼마나, 어떻게, 언제, 왜 미운지 알아요. 미움은 사랑의 반대인 줄 알았는데 아니었습니다. 미움의 깊이와 위치를 이해할수록 당신을 더 다채롭게 사랑할 수 있었습니다. 미움은 불편함입니다. 마음을 넓히는 탈피의 시작을 알리는 현상입니다. 당신이 다시 미워질 때면 앞으로 더 사랑하게 될 당신을 떠올리며 설렐 겁니다. 미운 마음이 아픈 이유는 성장이 동반되기 때문입니다. 운동을 많이 하면 근육통이 생기듯 말이에요. 수많은 근육통이 그랬듯 아픔은 시간이 지나면 잦아들기 마련입니다. 저에게 시간을 주세요.

첫 책을 혼자 쓸 때는 매일 밤 울었잖아요. 찔끔 운 것도 아니고, 대성통곡했잖아요. 서솔과 이번 책을 함께 쓰는 동안은 즐거워 보였어요. 함께 책을 쓰는 게 쉬운 일이 아닐 텐데 말이에요. 당신을 즐겁게 하고 순수한 공상을 할 수 있게 하는 서솔에게 항상 고마운 마음입니다. 좋은 사람에게는 그만한 대우를 하길 바라요. 잘하시겠지만.
1년 넘게 쓴 이 책이 이제야 세상에 나오게 된 걸 아쉬워하지 마세요. 덕분에 재밌었고 성장했고 후회 없는 시간을 보냈잖아요. 편집자 선생님은 울화가 치밀지도 모르지만요. 마감을 잘 못 지키는 인간미까지 겸비한 매력적인 인간이니까 봐주지 않으실까요? 그래도 편집자님께는 꼭 미안함을 담은 감사 인사를 전하시길 바랍니다.

마지막으로 축하합니다. 책이라는 엄청난 미션 하나를 끝내셨네요. 다 완벽히 잘하진 못해도 결국 해내는 당신에게 존경을 표합니다. 책은 갓 태어난 자식 같지 않나요? 어디 내놓기가 불안하죠. 그래도 이 갓난아기를 많은 독자가 잘 키워줄 거라 믿으세요. 그럼, 정말 그렇게 될 겁니다. 한번 믿어봅시다.

사랑하는 휘수에게

휘수가

의심이 많은 당신에게

나는 당신이 얼마나 스스로를 의심하는지 알고 있습니다. 당신은 '내가 이 책을 쓸 자격이 있는 사람인가.'에 대해 에필로그를 쓰는 이 순간까지 고민하고 있거든요.

당신은 이 책을 쓰며 그동안 만들어 왔던 다양한 작업물을 톺아보게 됐습니다. (수동형인 이유는 어쩔 수 없이 살펴본 작품들도 많기 때문입니다. 당신에게 상처가 된 작업들까지 몽땅 생각해야만 했거든요.) 그 당시엔 훌륭해 보이던 것도 지금 보니 어쩐지 세련되지 못한 것 같고, 남들이 보았을 때 수준 미달로 낙인찍히지 않을까 걱정을 하더군요. 심지어 먹고사는 일에 치우쳐 드문드문 실낱같은 작업이 이어지는 연대표를 보고는 민망함을 느꼈습니다.

의구심과 의심 그리고 의문. 지금껏 서술을 키워낸 단어들입니다. 삶에 대단한 목표가 있거나 죽기 전에 반드시 이루어야만 하는 과업이 있지는 않지만, 삶의 경계가 확장되고 변화하면서 늘 한자리에 고여 있지는 않았습니다. 선택에 대한 의구심을 가졌듯 마땅히 그래야만 하는 세상의 법칙을 의심하고, 내가 할 수 있는 것이 무엇인가 의문을 가졌기 때문일 것입니다. 당신은 이 과정을 자양분 삼아 현재에 도달했습니다. 지금으로부터 1년 전, 휘수로부터 함께 책을 쓰자는 제안을 받았을 때 당신은 자신이 없었습니다. 잘 쓸 수 있는 주제가 아닌 것 같은데, 심지어 서간문 형식의 책이라니. 편지로 된 형식은 민망했고 의미를 찾기가 어려웠습니다. 유튜브 안에서 살아가던 당신에게 글로 써진 편지는 너무 낯설었거든요.

그런데, 지난 몇 년간 당신에게 호감을 가진 이들이 건넨 편지가 생각났습니다. 정확히는 모르겠습니다만, 그간 받은 편지가 백 통은 넘지 않을까 싶어요. 당신은 오프라인에서 팬들이 건네주는 편지지가 하나도 겹치지 않았다는 사실에 감탄한 적이 있습니다. '이렇게 편지지가 다양하다는 건, 아직까지도 이렇게나 많은 사람들이 서로의 이야기를 종이에 써서 부치고 있다는 뜻이구나.' 수요가 없으면 증발해 버리는 냉혹한 자본주의 시대에 지금까지도 편지지가 남아 있다는 건 마땅한 이유가 있다는 뜻이겠지요.
종이로 된 편지에는 편지지를 심사숙고해서 고르고, 글씨가 잘 쓰일 만한 펜을 고른 뒤 자리에 앉아 할 말을 골똘히 생각하는 시간이 담겨 있습니다. 백스페이스가 없는 세상에서 오타를 내지 않도록 신중히 펜을 잡고 있는 순간이 모여 한 장의 편지가 완성됩니다. 세상에 펼쳐져 있는 다양한 편지지의 모양을 생각해 본 끝에 당신은 이 책을 쓸 수 있을 것 같다는 결론을 내렸습니다. 그렇게 1년이 지난 지금, 당신은 고심 끝에 에필로그를 쓸 수 있게 됐습니다.

맞습니다. 이 책은 30년이 넘는 서솔의 인생에서 1년의 시간이 담긴 책입니다. 내용으로 따지자면 인생 전반이 들어갔다고 해도 과언이 아니지만, 종이에 인쇄될 말을 고른 시간을 순수하게 따지자면 1년이 조금 넘는 시간이 들어간 것이지요. 물론 당신은 백스페이스가 있는 세상에서 글을 썼지만, 여전히 한 권의 책을 만들기 위해 매 순간을 의심하고 그 의심을 먹어치우며 하루하루를 보냅니다.
덕분에 당신은 그 1년 남짓한 시간에 조금 더 성장하지 않았나 싶어요. 의심의 터널을 무사히 지나온 당신에게 축하 인사를 건넵니다. 아직 끝난 건 아니지만, 이제는 조금 기뻐해도 되지 않을까요? 지금, 당신이 '기쁘다'는 단어를 쓸 수 있도록 도와주신 출판사 관계자분들과 이 책의 공동 집필을 제안해 준 휘수에게도 이 기쁨과 감사를 전해보면 어떨까요?

여전히 의심이 많지만 이 순간은 기쁨이 가득한 서솔에게

서솔이

부록

우리도 함께 대화해요

Q1 절대 창작하지 않을 주제나 장르가 있다면 무엇인가요? 그 이유는 무엇인가요?

(예: 내가 절대 쓰지 않을 글 / 추지 않을 춤)

A1

Q2 지금 당신에게 가장 두려운 것은 무엇인가요?

A2

Q3 현재 당신의 자유로운 창작을 방해하는 다섯 가지는 무엇인가요?

A3

Q4 당신의 창작에 영감을 주는 다섯 명의 사람을 꼽아보세요.

A4

Q5 지금 당장 창작하기 위해 들일 수 있는 자본의 크기는 어느 정도인가요?

A5

Q6 온 세상이 당신의 작품을 향해 절대적인 지지를 보낸다면 만들고 싶은 작품이 있나요?

A6

Q7 전 세계 미술관 혹은 박물관 중 한 곳에 당신의 작품이 걸린다면 어디에 전시하고 싶나요? 그 이유는 무엇인가요?

A7

Q8 지금 바로 생각난 예술가 한 명과, 그 이유를 적어 보세요.

A8

Q9 당신이 가진 생애 최초의 기억은 언제인가요?

A9

Q10 당신이 1시간 뒤에 죽는다면 떠오를 기억은 무엇인가요?

A10

Q11 당신의 작품 중 가장 만족스러운 것은 어떤 것인가요? 그 이유는 무엇인가요?

A11

Q12 오감 중 당신에게 가장 발달된 감각은 무엇인가요? 그것이 창작에 어떤 방식으로 도움이 되었나요?

A12

Q13 8살 아이에게 당신이 어떤 예술가인지 설명해 주세요.

A13

Q14 당신이 만들었던 작품에 최고가를 매긴다면 얼마일까요? 그 작품은 무엇인가요?

A14

Q15 당신의 자서전 첫 문장은 무엇인가요? 책 제목과 추천사를 부탁할 인물도 적어보세요.

A15

Q16 전 세계 예술가 중 단 한 명과 막역한 친구가 될 수 있다면 누구를 고를 것인가요?

A16

Q17 당신에게 있어 가장 예술적인 도시는 어디인가요?

A17

Q18 지금 당장 해외로 떠난다면 가고 싶은 곳은 어디인가요?

A18

Q19 당신의 생의 마지막 작품은 어떤 주제일까요? 가능한 한 자세히 적어보세요.

A19

Q20 당신이 예술가로 살아가며 가장 기뻤던 순간을 공유해 주세요.

A20

우리 대화는
밤새도록 끝이 없지

초판 1쇄 2023년 8월 25일

지은이 허휘수, 서솔

발행인 유철상
책임편집 김정민
편집 홍은선, 정유진
디자인 주인지, 노세희
마케팅 조종삼, 김소희
콘텐츠 강한나

펴낸곳 상상출판
출판등록 2009년 9월 22일(제305-2010-02호)
주소 서울특별시 성동구 뚝섬로17가길 48, 성수에이원센터 1205호(성수동2가)
전화 02-963-9891(편집), 070-7727-6853(마케팅)
팩스 02-963-9892
전자우편 sangsang9892@gmail.com
홈페이지 www.esangsang.co.kr
블로그 blog.naver.com/sangsang_pub
인쇄 다라니
종이 ㈜월드페이퍼

ISBN 979-11-6782-163-8 (03810)